つばた家へようこそ！

新经典文化股份有限公司
www.readinglife.com
出　品

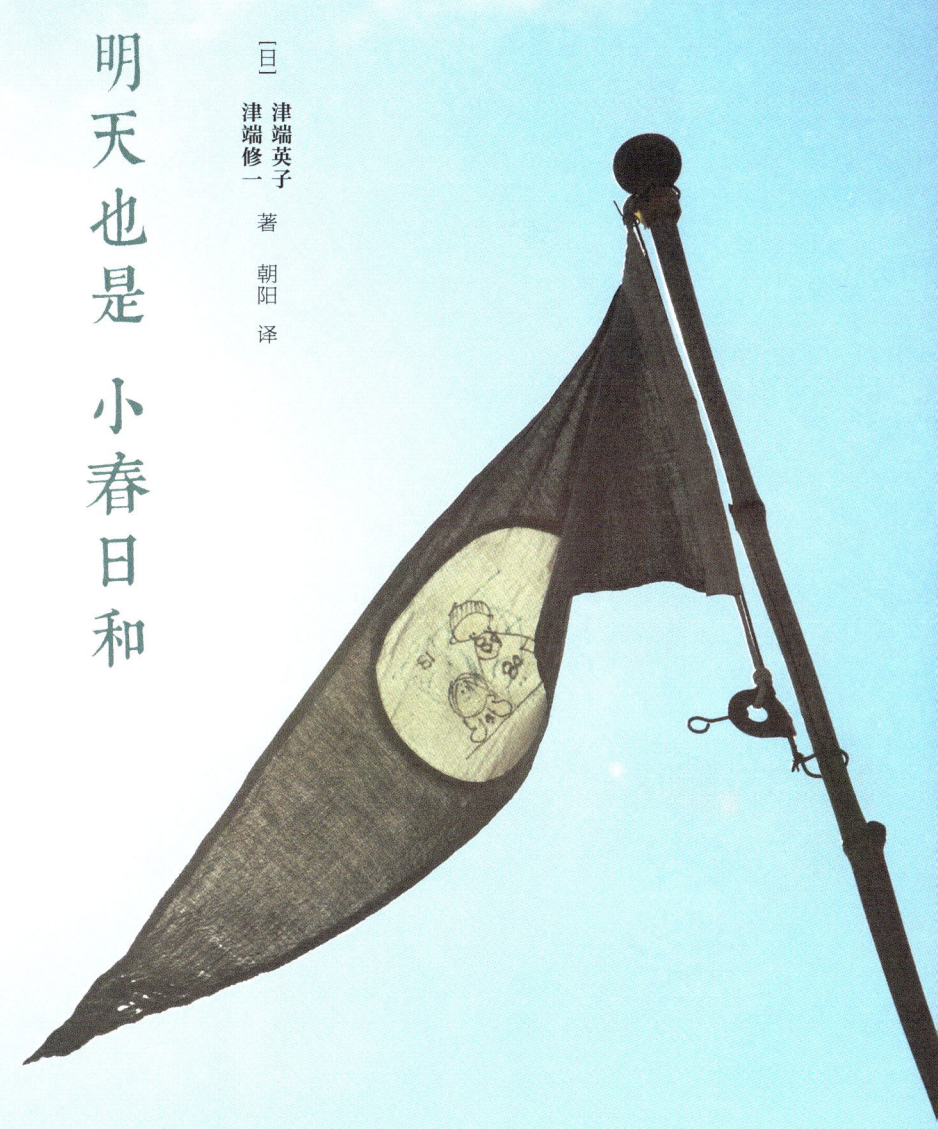

明天也是 小春日和

[日] 津端英子
津端修一 著

朝阳 译

新星出版社 NEW STAR PRESS

那么,开始吧。
在田地里建起原木小屋,
亲手织布、种菜,
与大家分享丰收的果实,
尽心尽力,认真生活。

修一先生

1925.1.3 出生

B 型血

爱好

很多年前，修一先生还是个单身汉时，就喜欢跟朋友们一起驾着帆船出海。后来结了婚，哪怕手头不宽裕，帆船运动也一直是他难以割舍的心头好。到目前为止，大小事故一共遇到过五次，但每次都化险为夷，平安归来。现在的他计划在八十八岁时去塔希提岛参加帆船巡游。

身高 174cm

特长

身为建筑师，修一先生精通居室和庭院的整体设计。家里一些琐碎事务也由他一力承担，如记录、物品分类和拧衣服之类的体力活。老人会将帆船爱好中练就的打绳结技术和生活技巧用在日常家务中，让家居生活更加舒适惬意。

履历

从东京大学第一工学部毕业后，修一先生在建筑设计事务所工作过一段时间，之后进入日本住宅公团[1]工作。曾负责高藏寺新区等住宅用地的开发建设，现在就住在自己设计的高藏寺新区里。离开日本住宅公团后，任教于广岛大学。目前是一名"自由时间评论家"。

[1] 为推进日本公共住宅建设，政府全额出资设立的法人组织，致力于建造保障性住房，即后文的"公团住宅"。

步幅 65cm
步频 4 步 / 秒

英子女士

1928.1.18 出生

O 型血

身高 153cm

童年

英子女士是爱知县半田一位酿酒坊主家的千金，家境富裕，从小到大衣食无忧。身边诸事有"女仆"代劳，想要什么有"小厮"跑腿，对钱毫无概念，也从不计较。在家中度过的童年是她最怀念的时光。

婚姻

少女时代的英子女士憧憬嫁给一个"从事城市建设的理想家"。她在相亲时遇到了完全符合自己想象的修一先生。婚后，英子女士陪伴丈夫走过了追逐理想的五十年。她虽然嫁给了工薪阶层，但生活态度一如从前，对钱从不计较。日常生活中，也总是尊重、支持自己的丈夫，偶有争论时，她会说"唔，这样也可以嘛"，稍作让步。结婚数十年，两人一次架都没吵过。

爱好

从耕田、烹饪，到编织、纺布和刺绣，英子女士凡事喜欢亲自动手。她饭量不大，但很喜欢为别人做饭，喜欢看他们露出满意的表情。她亲手纺的布、织的衣物也基本都送了人。现在的英子女士正一心扑在白丝刺绣上。

步幅 50cm
步频 3.5步/秒

欢迎来到津端家！

请注意！会疼哦！

鸟儿的水盆。欢迎，来洗个澡吧！

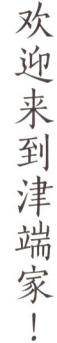

菜园里处处可见黄色的指示牌。这是修一先生特意为"毛手毛脚"的英子女士做的。标明菜苗种类的牌子和农具都是黄色的，这样在田间更加醒目。不知从什么时候起，黄色成了津端家菜园的主色调。

　　英子女士和修一先生住在名古屋市近郊新城。一栋小小的平房附带了一个二百坪①的菜园和三十坪的杂树林，绿意盎然，仿佛居民区里的一处世外桃源。

　　三十六年前，津端夫妇乔迁此处，在这里植树、建屋、耕作。相伴走过近六十年的两位老人，以自然为友，享受着平静、安稳的生活。

---

①日本计量单位，一坪约为三点三〇七五平米。

初夏的一天。英子女士说:"夏天很热,我早上四点多起床,到吃早饭的时候,农活差不多就能干完了。"

春　　　　　　　　　　　夏

菜园里的七十种蔬菜和五十种水果

　　菜园大约有两百坪，分成二十一块，每块都种着应季蔬菜，有圆白菜、茄子、黄瓜和西红柿等；菜园四周环绕着樱桃、梅子、柚子等果树；连田埂间的狭小缝隙，津端夫妇都种上了生姜、鸭儿芹等调味菜。整个菜园全年能收获蔬菜七十种，水果五十种，基本实现了自给自足。

　　夫妇俩最引以为豪的是菜园里用落叶、蔬菜残渣等沤成的堆肥，作物都是纯天然种植，不加一点化肥。生活垃圾作为肥料循环利用，

秋　　　　　　　　　　　　　冬

几乎实现了垃圾零排放的绿色环保生活。

也许因为每天都能吃上安全放心的当季蔬菜吧，尽管菜园里的杂草枝枝蔓蔓不免绊脚，地上又坑坑洼洼，津端夫妇仍是健步如飞。

津端家的生活和他们的菜园紧紧连在一起。

一居室的原木小屋

吃饭　休息　放松身心

睡觉　工作　都在这里

从以前到现在，从现在到以后

　　津端夫妇居住的原木小屋有高高的天花板和粗粗的房梁，令人印象深刻。这是修一先生仿照建筑家安托宁·雷蒙德的设计建造的。

1、2、3 既做饭厅又当放松空间的一居室（1）。睡眠空间（2）和工作空间（3）和谐地融为一体。
4、5、6 小巧整洁、方便使用的厨房，没有热水和换气扇，十分简陋，是整间房中修一先生唯一无法涉足的英子女士专属领地。

"屋子没有玄关，请进吧，不用拘束。"修一先生说。整座木屋只有一个房间，大约七十二平方米。房屋正中间有一张大餐桌，贴墙并排摆着两张藤床。一般的房子会利用墙面将不同的功能区隔开，但老先生觉得没有必要，就特意设计了这种一体化的空间。

11

秋日清晨

每天一杯蔬菜汁，色彩味道日日变换。为了改善口感，蔬菜汁里加入了橘子、苹果等水果，有时还会添些蜂蜜，来增加甜味。

春日清晨

英子女士的新鲜蔬菜汁

间苗法种植的蔬菜和水果

用了十多年的榨汁机

剩下的蔬菜水果渣用作肥料

调色弄味

　　一个八十三岁,另一个八十六岁。津端夫妇年事虽高,但依然精神矍铄。两人充沛的活力来自英子女士亲手制作的新鲜蔬菜汁,二十五年来,为了保证每天清晨都能喝一杯蔬菜汁,她每天早上第一件事就是去菜园拣选几种蔬菜,用自己最喜欢的榨汁机将它们压榨成汁。

　　回忆起制作蔬菜汁的初衷,她说:"修一不怎么吃蔬菜,我想要是把蔬菜榨成汁,他没准能喝点。"

　　陪着老伴喝蔬菜汁的过程中,英子女士发现自己的病竟不知不觉地全好了。

　　"我们现在就像菜园里的杂草,生命力特别顽强。"

13

> 三点钟的下午茶就吃这个吧!

英子女士介绍道:"菜园里有五十多种果树,都是为了做点心种下的。"为了三点钟的下午茶,她经常亲手制作一些点心。

就算有客人突然上门,老妇人也能从容应对。菜园中有食材,冰箱里有蛋糕的半成品,靠这些材料就能迅速准备好一顿美味。

牛奶布丁

咖啡果冻

芝士蛋糕和司康饼

戚风蛋糕

一次，英子女士特意为客人烤制了戚风蛋糕，可能是因为模具里没有抹油，蛋糕没有膨起来。看见成品，她嘟哝着说："失败了。"修一先生笑着揶揄："这蛋糕皱皱的，像英子一样。"这可把老伴惹恼了，她有点生气地说："行了，修一你说的话一点都不好笑。"

15

秋 满载美味的包裹

- 100 柚子熟了
- 102 散步的乐趣
- 104 「种下」大麦茶
- 106 秋季的美食包裹
- 108 栗金团
- 109 清空冰箱，制作果酱
- 110 准备过冬
- 112 秋天的馈赠
- 113 修一先生的手绘 秋日的大餐

修一先生的整理经

- 115 充分运用数字
- 116 同一样式的物品排在一起
- 118 提示牌让生活更简单
- 119 插画的乐趣
- 120 房间陈设随季节而变
- 124 帆船运动中练就的技能

冬 落叶与天空的恩惠

- 132 阳光与干燥的空气
- 134 柚饼子
- 137 冬季的收获
- 140 英子的「围裙」
- 142 修一先生的最爱
- 144 冬天的馈赠
- 145 修一先生的手绘 冬日的大餐

英子女士和「精致生活」

- 147 闲不下来的人
- 148 做饭的间隙
- 152 冷冻保存

结语 找回童心

目次

修一先生和英子女士

欢迎来到津端家！

- 8　菜园里的七十种蔬菜和五十种水果
- 10　一居室的原木小屋
- 13　英子女士的新鲜蔬菜汁

在生活中留下时间的脚步

- 19　始自砾石地
- 22　招待客人，让日子更加有活力
- 24　没有热水的厨房
- 28　记录即历史
- 32　不断完善的小小田园

春　轻触叶子

- 36　播种
- 38　春季的收获
- 40　五月下旬樱桃熟了
- 42　今天是自制培根日
- 44　今天要干劲满满地捣年糕
- 46　草莓三吃
- 48　春天的馈赠
- 49　修一先生的手绘　某个春日

小春日和的生活智慧

- 51　留言板的使用
- 54　各展所长
- 58　不勉强对方
- 60　修一先生的培根
- 63　等待培根烤熟的时间里

夏　日中闲眠

- 68　大麦茶
- 70　夏季腌菜
- 71　梅干
- 72　夏季的收获
- 75　整理夏日家居
- 76　英子女士收藏的餐具
- 78　款待客人的早餐
- 80　夏天的馈赠
- 81　修一先生的手绘　某个夏日

代代相传的生活智慧

- 83　存储味道
- 86　一点点地收集
- 88　修补之乐
- 93　茶点

在生活中留下时间的脚步

还在使用的黑色老式电话,传递出津端家"不怕麻烦"的独特生活品味。

小屋的墙上挂着一排农具,有铁锹、耙子等,都漆成了黄色。为了方便身材小巧的英子女士使用,修一先生特意把轻型吸尘器的手柄换到了这些农具上。

晾干后可以做竹扫帚。

始自砾石地

津端夫妇的家位于爱知县春日井市高藏寺新城。曾从事公团住宅设计工作的修一先生亲手打造了夫妇二人居住的街区。这片土地最开始是修一先生母亲的,老夫人买下这里,希望以后和儿子儿媳一起居住,再后来便将这里送给了儿子。

夫妇二人一九五五年结婚,后来因为工作调动搬家多次,从最开始的东京神宫前,一直换到现在的高藏寺新城。一九七五年,两人开始在这里打造新居。修一先生仿照他最敬仰的建筑家安托宁·雷蒙德的家宅,修建了自己的小窝。

其实这处房子起初是修一先生准备给妻子和女儿当工作室的,后

堆肥箱整齐地排列在菜园一角。夫妇俩收集落叶和日常的生活垃圾，将它们一层层混合后放进堆肥箱，按月轮换使用。垃圾在箱子里闷上五个月，就变成了黝黑的肥料。

来出于种种原因，这里成了这对夫妇安度晚年的地方。结婚后，英子女士一直以丈夫为重，随他到处奔波，现在终于有机会圆自己的田园梦了。

她回忆道："刚搬来时，这里就我们一家住户，孤零零的。四周都是建筑工地，到处是碎石块。我当时想在园子里种些菜，但这里只有随意堆放的田土，所以我从培养土壤开始，重新翻整了土地，施了肥料。"

一开始，菜园并不像现在这样规划井然，英子女士只是大致沿着东西方向培起了几垄地，随意播撒下各种种子。后来，修一先生退了休，开始在家中常住。有一天，英子女士突然发现菜园变了样子，原来是老伴没经她同意就改了布局。

她笑着说："修一这样擅自行动，一开始我是有点恼火。不过后来发现，被他这么一弄，干起活儿来的确更方便了，还是挺好的。培垄耕作

菜园被整齐地分成二十一块,各自标号

农具室前挂着修一先生亲手制作的木牌,写着当下种植的作物。根据春、夏、秋、冬的季节变化,还会认真修改上面的字。

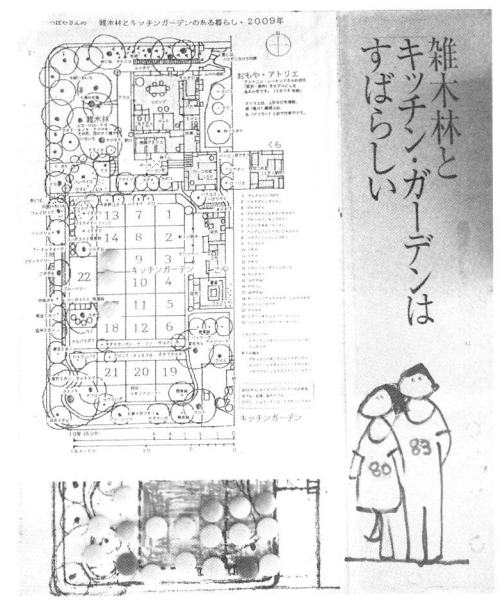

有个缺点,就是很难记住哪里种了什么。修一退休后,这里就彻底成了他的实验田。一会儿的工夫,他就什么都做好了,也不跟我商量商量。"

修一先生一直主张"城市需要森林"的理念,在植树造林上颇费了一番心血。他在房子西面三十坪的空地上种了野茉莉、鹅耳枥、枹栎、麻栎、榉树、糙叶树这六种共一百八十棵树。这片林子初展枝叶时,甚至连夕照都无法遮挡,但一天天过去了,一些树木已经变得高大粗壮,还有一些保持着最初的样子,整片树林错落有致,彼此协调,景致优美。

春有枝头新绿,秋有红叶满园,夏天茂盛的枝叶遮挡住阳光,带来纯天然的清凉,冬天落叶覆地,暖阳西照。一年四季,这片树林静静地守护着津端一家。

食材吗？都是自家菜园里采摘的蔬果。

津端家不用微波炉，加热冷冻过的小菜时用砂锅。做饭时拧开小煤气炉的开关，做完再关上。"忘了关火多吓人啊，我不喜欢家里有火源。"

招待客人，让日子更加有活力

津端夫妇起初与女儿一起生活，女儿出嫁后，二老就相依为命。现在他们的生活平静安宁，登门造访的客人则是宁静中偶有的热闹。

夫妇俩常在家中招待女儿一家、朋友和熟人。六十岁后，两人开始在自家小园种菜，这种自给自足、晴耕雨读的田园生活吸引了人们的目光，来采访的人多了起来。如今，为了品尝英子女士的拿手饭菜和修一先生亲手制作的培根，不少客人每个月都要来两三次。

英子女士说："我会早早地考虑给客人做些什么饭菜，提前做好准备工作。大家吃得开心，我就高兴，这对我来说是最大的肯定。"

以菜园出产的当季蔬菜为主要食材，并从长年光顾的店铺里买来

初春某日，款待客人的主菜是修一先生亲手制作的培根，搭配比萨饼和自家种的蔬菜做成的沙拉。

肉类、鱼类精心加以烹制，英子女士的菜品口感绝佳，令人称赞不绝。大家口口相传，又为津端家引来了更多的客人。这样一来，老妇人款待客人时又更加用心，倾注更多的精力。有时她不光请人吃饭，还会送上一些纪念礼品，比如手织围巾和袜子等。

"经常有人问我，招待这么多客人累不累。其实这是非常轻松快乐的。我原本就喜欢围着厨房转，无论是做饭还是收拾碗筷，从没厌烦过。"

"而且，"英子女士又说，"每当和年轻人说话，收到他们的道谢时，我们都觉得更有精神了，好像从大家身上获得了力量一样。多亏了平时常有客人过来，我们的日子更有活力了，真正受益的反倒是我们俩。"

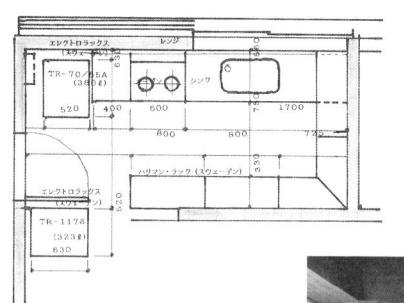

英子女士的自由天地

稍嫌狭小的厨房。英子女士揶揄道："男人们不懂啊，厨房可是一家里的重中之重。"产自瑞典的开放式橱架上摆着各种厨具，用起来非常方便。左图为修一先生绘制的厨房设计图。

没有热水的厨房

英子女士的厨房是家里最重要的部分，如基石般承载起津端家每一天的生活。

两位老人现在居住的木屋，原本是修一先生为方便妻女织布而设计的小工作室。在规划厨房空间时，他觉得地方不用太大，能烧水泡茶就足够了。这样设计出来的厨房，对热爱烹饪的老伴来说实在是过于小巧了。

坦白说，很难相信在这样简陋的厨房里能做出什么美味佳肴来款待客人。不必说新出的烹饪器具了，就连热水器和换气扇都没有，只有两架颇为老旧的、"女儿女婿家淘汰下来"的小煤气炉和一台老式

不知不觉哼起了歌

厨房没有热水,所以洗碗时有点麻烦。1 把洗洁精倒入铜盆,洗刷,再用清水冲干净。洗洁精用的是无磷环保型。2 烧一壶开水,开水和温水一同倒入铜盆里,把碗再洗一遍。3 没有沥水的器具,洗好的碗要马上用布擦干,收进碗柜。英子女士总是边哼着歌,边干这些活儿。

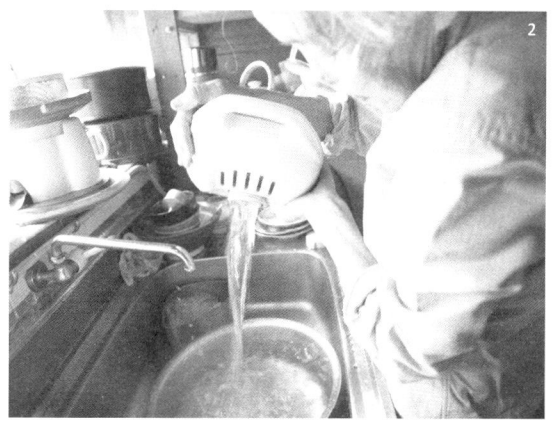

这间厨房的一大优点就是窗户宽大明亮。朝阳透过东面的窗子照进屋里,令人心情舒畅。窗外是一棵无花果树。

大窗户替代了换气扇

烤箱。

即使如此,英子女士仍对这间厨房钟爱有加。她笑着说:"家里其他地方修一总要插插手,只有厨房是完全属于我的,我可以随心所欲地做事。"

空间狭小,反而更便于使用。其中一个好处就是所有东西都触手可及,干什么都无须多费力气。修一先生还安装了开放式橱架,英子女士精挑细选出常用物件摆在上面,各种用具一目了然。

架子上有大、中、小三种型号的砂锅、德国产的不锈钢锅、一套平时喝茶用的茶具,和英子女士中意的各式篮筐等,摆得都比较低,身材娇小的她伸手就能轻松拿到。

津端家一天的生活,从清早一杯新鲜蔬菜汁开始。接下来是夫妇

小空间也有大用处

洗碗池前的窗台约有二十厘米宽。这一小块空间也被英子女士充分利用起来，临时摆个菜放个东西。她笑着说："地方比较窄，不勤收拾就会摆满一窗台。"

二人的早饭时间，修一先生偏爱传统日式早饭，英子女士则喜欢吃面包。简单用过午饭后，英子女士就开始准备晚饭。她基本上一整天都围着菜园和灶台来回转悠，对此，她笑着补充道："除了一天三顿饭，我还要做些能在冰箱里放一阵的东西、给女儿家和外孙女吃的小菜、招待客人的大餐等等，厨房的活无论什么时候都轻闲不了。"

对老妇人来说，厨房是健康卫士，是她守护爱人修一和在大都市里忙碌的女儿女婿的阵地；也是她的信使，告诉外孙女花子什么是生活、什么是饮食。这寸天地让她备感自豪。

"活到这个岁数，我深感自己是个幸运的人。儿时生活幸福，现在的日子也平顺安宁。我特别想让下一代人体会到这种物质与精神上的充实。所以厨房可能就是我最好的代言工具了。"

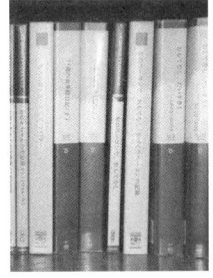

记录一

有关英子女士自制的新鲜蔬菜汁的记述,包括用料和成品样貌,不同材料和不同颜色记载得清楚明白。记录里还包括修一先生亲手做的培根。这些记录按主题分类归档。

记录即历史

走进津端家,首先映入眼帘的是那些归置得井然有序的文件夹,都是修一先生对日常生活的细碎记录。伴随着时光的流逝,他一字一句地记下了夫妇二人愈加幸福美满的生活。

他说:"认真记录每天的生活,把它们存起来,你会发现人生将变得更加美好。"

对他来说,这么做的意义正在于记录这一行为本身。

修一先生非常擅于整理归纳,所做记录之详细,更是体现出他身为建筑师的职业素养。他会记下田里种了哪些蔬菜,活儿是什么时候干的;记下每天晚饭的菜色,送给哪位客人什么礼物,请客人吃了什

这些都是每天的生活记录

修一先生的"船长室"(书房)位于起居室一角。从地板到天花板,整面墙壁上安装了数层搁架,文件夹整齐地码放在上面。这些文件都是修一先生亲笔写下的家庭生活记录。

么。除了这些,他还坚持写日记。他给这些记录和日记都配上了小插画,愉快认真地记下生活中的点点滴滴。

这些庞杂的记录被整齐地码放在书柜上,收在起居室的一角。这个角落算是修一先生的书房,被称为"船长室"。书柜紧贴着桌子左侧,上面是一水儿的黑色封皮文件夹,看起来美观大方,颇有一种"这里存放着津端家历史"的厚重感。

"修一,上次那个是什么来着?"英子女士问得有点含混,老伴却能迅速作答,他抽出文件夹,一查便知:"哦,那个啊……"没想到英子女士的性格粗枝大叶,修一先生却是个标准的"理科生",凡事讲求

29

记录二

用镜头记录下的夫妻二人某一年的饭食。这些平淡的日常生活也是修一先生不会放过的。

细节，连文件夹封皮的颜色都十分讲究。这对夫妇的"反差组合"，时常令人忍俊不禁。

因为这样的性格，修一先生非常擅长独处和"自娱自乐"。很多男人在退休后无所事事，每天看着电视浑噩度日。但修一先生是个例外，这种情况从没在他身上出现过，反而是自在从容地享受着晚年生活。

老人现在的梦想是驾着帆船游塔希提岛。他在一九九一年和一九九三年参加过两次塔希提岛帆船巡游活动，收获了美好的回忆。

"三年后，如果身体还健康，我想再去一次。"谈起这个计划，修一先生眼里闪着光，"到时候我要穿上白色的水手服，戴上在船上工

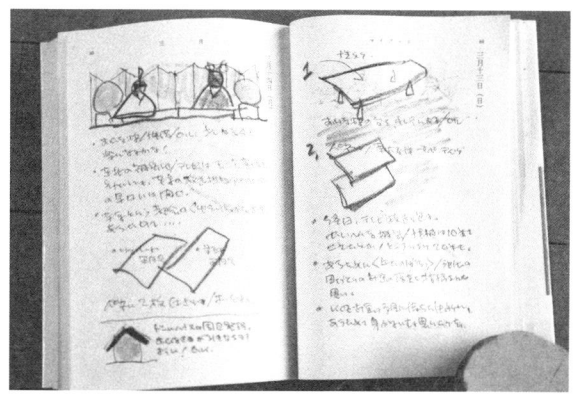
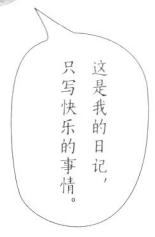
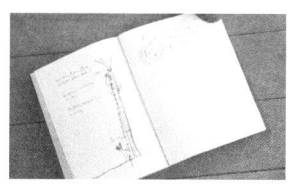

这是我的日记，只写快乐的事情。

文库本大小的日记本《我的书·20XX年记录》。修一先生常在本子里画些小插画，从二〇〇一年到现在（二〇一一）已经写了整整十二本了。"我一开始就打算只在日记里写快乐的事情，所以有时会有几天空过去不写。"

作的侄子帮我买的船长肩章。"英子女士听到这里，微笑着说："哈哈，男孩子不管活到多大年纪，都喜欢耍帅呢。"

英子女士嫁给修一先生已经五十多年了，她就像母亲守护调皮捣蛋的孩子一样，一直从容地陪伴着自己的丈夫。

修一先生永远保持着对外界新事物的热情。除了喜欢驾驶帆船，他在东日本大地震发生后，曾坚持收集相关报道并剪辑成册；他还想淘一个工台，把粗木加工成器皿，把"自娱自乐"的精神发挥到极致。

英子女士说："我和修一都还有好多事情要尝试呢。"

夫妇二人年事虽高，但依旧活力十足，对未来充满期待。

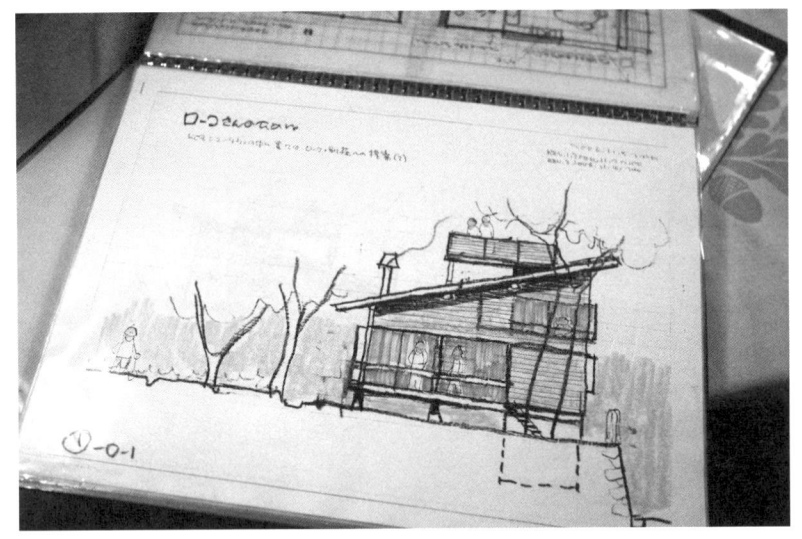

为两个女儿设计的别墅图纸。"这个菜园是我们耕耘多年的成果,一定得传给女儿。不论日本将来发生什么变化,有这些田地就能衣食无忧地生活下去。"

不断完善的小小田园

津端夫妇依靠退休金生活,日子不算宽裕。修一先生工作时也没存下多少钱,积蓄都花在了自己的帆船爱好上。

但是两位老人也有一个奢侈的梦想:"如果彩票能中大奖,就在菜园的一角为两个女儿盖座'别墅'。"具体用地都规划好了,修一先生还亲手绘制了图纸。

他说:"要是有天能实现这个愿望就好了。"英子女士也附和着:"是啊。"现在津端家的菜园已经历了三十六年的积淀,日后还将不断完善下去。

日暮时分，从菜园眺望小小的木屋。屋旁的树是三十六年前我种的，现在早已亭亭如盖，远远高过了房檐。右侧靠前的白色建筑是为女儿后建的一间屋。

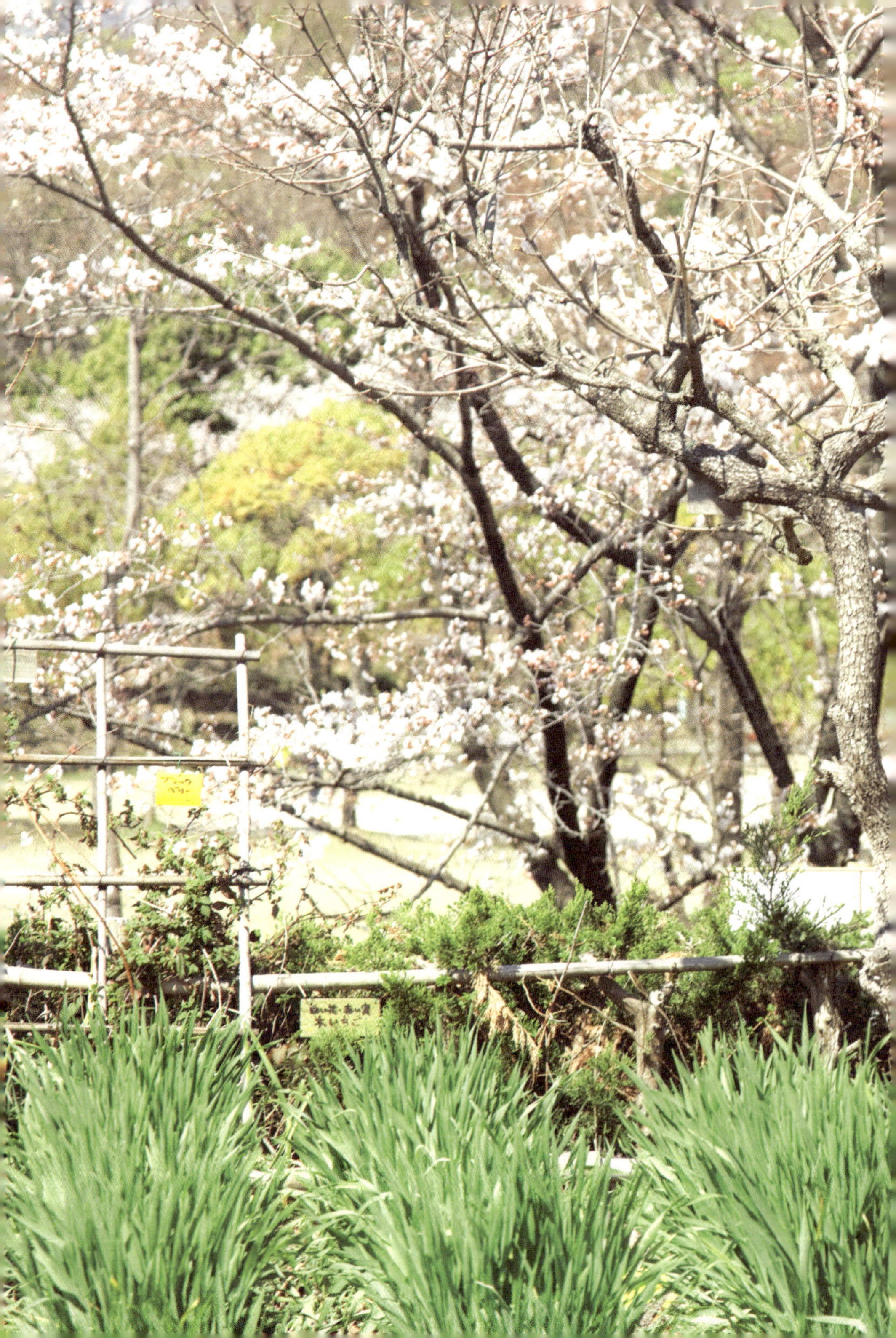
白い花・赤い実
木いちご

春

轻触叶子

春天天气回暖,球根类花卉绽放娇颜,菜园里的嫩叶绿意渐浓。此时的菜园处处洋溢着生的喜悦,津端家的农活也正式开始了!

修一先生在制作名牌

名牌都漆成黄色,和菜园的主体颜色保持一致。他正把蔬菜的名字写在上面:"得知道每块地里种的是什么啊。"

英子女士在培土

把糠皮、砂子、沙土、油渣、稻壳灰、鸡粪、堆肥混合在一起。她说:"大家各有自己的培土方法,这就和做饭一样。不过做饭能尝味道,培土的好坏就要问蔬菜喜不喜欢了。"

一个月后

播种

　　四月上旬,播些夏季蔬菜的种子,有西红柿、西葫芦、甜玉米和南瓜。

　　首先要培土,夫妇二人挑选出肥土需要的材料,和土搅拌后放进小盆里,均匀撒种。所有工序如流水般顺畅。

田地东侧。农具室墙边有两个深浅不同的水槽，平时会在这里清洗沾了泥的土豆和萝卜，对蔬菜进行简易加工、保存等。

春季的收获

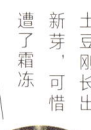

土豆刚长出新芽,可惜遭了霜冻

|1|
|2|3|4|

细嫩水灵的春季蔬菜。1 豌豆。可爆炒,也可做沙拉和寿司的配料。2 今天的收获。有胡萝卜、生菜、牛蒡等。3 长势喜人的圆白菜。可以跟肉一起蒸着吃。4 隐约能看见几颗小草莓。今年的收成不太好。

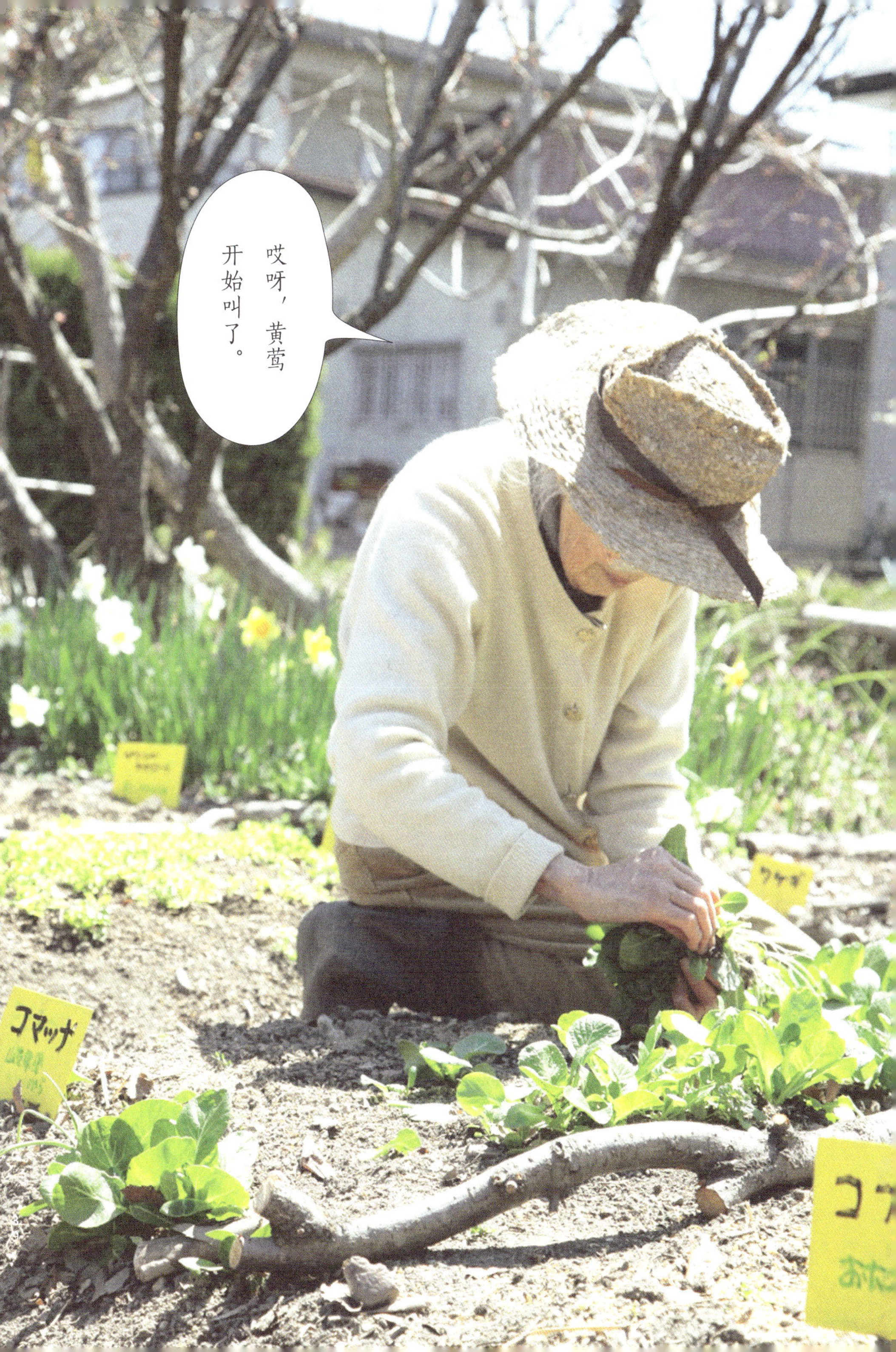
哎呀，黄莺开始叫了。
コマツナ

五月下旬櫻桃熟了

> 修一,稍微修剪一下树枝。

> 英子,樱桃要掉下来咯!

> 讨厌,哈哈!

一眨眼的工夫,夫妻俩就采了三筐樱桃。"不久前刚采了整整三大袋樱桃冷冻起来,太多也吃不完,剩下的就送给小鸟们吃吧。"

四月上旬 花开正盛

四月初的樱桃树上开满了淡粉色的花,宛如染井吉野樱。小鸟不知从哪里拾来尼龙绳,在枝叶间筑起小巢。

"为了不让小鸟把自家种的樱桃当点心叼走",夫妇二人给樱桃树盖了一层白色的保护网。去掉这层防护后,露出一树鲜艳欲滴的果实,颗颗晶莹如上好的红宝石。英子女士开心地说:"今年结了好多果子啊。摘都摘不完,拿来做果酱和樱桃派吧!"

41

今天是自制培根日

春季大餐的必备菜是修一先生亲手熏制的培根。经历过无数次失败后，他终于摸索出了制作方法。往砖块搭成的熏炉里加入炭火，吊三块猪肉，用月桂等熏烤，有时会换种香叶，并没有特别的独家秘方。客人们伴着熏烤时飘出的香气畅饮高谈，正是所谓"男人间的待客之道"。

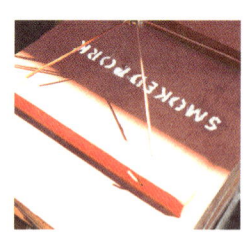

修一先生很重视熏炉的外观，在炉盖上喷绘了"SMOKED PORK"字样，来装点日常。

这座烟囱似的熏炉是修一先生亲手搭建的，他对砖块的堆叠方式也很讲究："五层高和八层高的都试过，改了很多次，发现七层高的效果最好。"培根的熏烤过程总共要两个小时。

＊制作方法见六十页

培根的制作过程

开吃！

清晨采下的艾草

津端家每个月都要做一次年糕。今天夫妇俩准备做拌入艾草的年糕。

今天要干劲满满地捣年糕

1 蒸糯米

2 用水浸湿石臼

3 将艾草切碎

4 嗨哟，捣年糕

英子女士用搅棒拌馅。修一先生用木杵捣年糕，他轻松地将木杵高高举过头顶，捣一下年糕，老伴就跟着拌一会儿馅，相互交替，配合得天衣无缝。

6 分成小份送人

5 年糕逐渐成形

开吃！

做好的年糕送给东京的女儿、外孙女和朋友们。"大家都很期待，所以我们更有干劲了。"

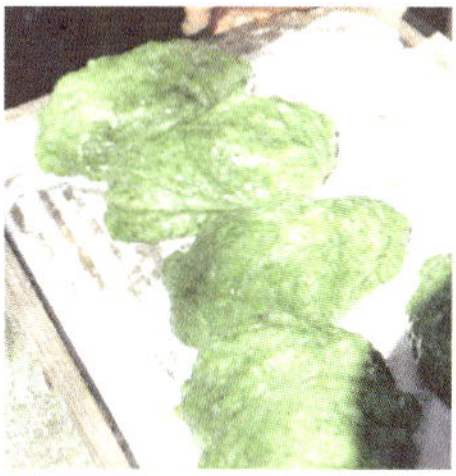

草莓三吃

在草莓上撒些细砂糖，冻起来，留着以后装饰奶油蛋糕。修一先生说："不用来装饰蛋糕，这些冻草莓单吃就很美味。"

奶油蛋糕

46

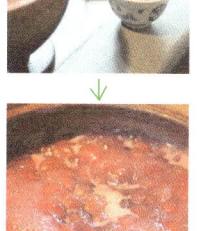

草莓酱

◎制作方法

把草莓放入砂锅，表面覆一层细砂糖，盖上锅盖，开大火煮。等锅里沸腾起白沫，用小碗撇净放到一边。草莓本身的红色被煮出去后，果肉变白，继续煮到草莓重新变红，再倒入刚才撇出的白沫。根据口味加入柠檬汁等佐料，一小时左右就能出锅了。

草莓是春天最大的期待之一。虽然超市里十二月就上市了，但最好吃的时节还要数五月。夫妇俩每年都要给东京的外孙女花子寄些新鲜草莓，女孩每年都盼望着，好用这些草莓做餐后必备甜点。剩下的草莓有的撒上细砂糖放进冰箱冷冻，有的做成蛋糕、点心或果酱，可以让一家人换着花样吃上许久。

47

（从右上角开始，按顺时针方向）撒了新摘的葱、姜等佐菜的牛肉碎，海鳗散寿司饭，土豆沙拉，竹笋煮豌豆，小墨鱼饭。英子女士特别喜欢收集餐具，还喜欢挑选与菜品搭配的盘子："今天就用石榴花纹的盘子盛牛肉碎吧。"

春天的馈赠

英子女士说："春天是最好的季节，自家种的蔬菜迎来了大丰收，食材丰富了好多。"今天她从平时常去的鱼店买了海鳗，来做主菜散寿司饭。再配上菜园里采来的楤木芽、鸭儿芹和青豌豆，炒几个小菜。大家围在弥漫着春日香气的餐桌边畅谈。

修一先生的手绘　某个春日

修一先生会在客人走后的第二天给他们寄一封手绘信。展开信笺，前一天的快乐回忆随之复苏。这样的安排体贴周到。下图画的就是左侧的大餐。

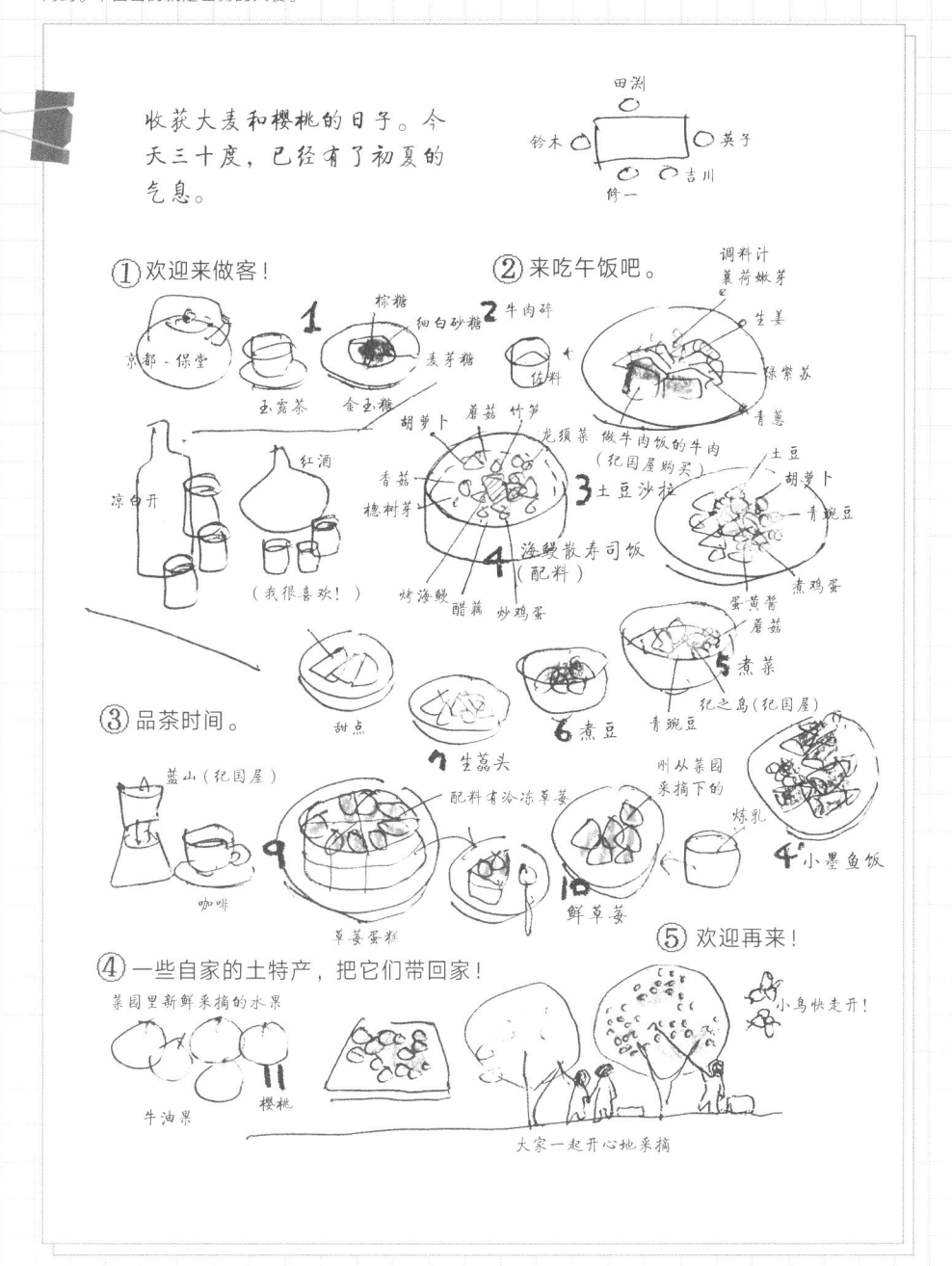

收获大麦和樱桃的日子。今天三十度，已经有了初夏的气息。

① 欢迎来做客！

② 来吃午饭吧。

③ 品茶时间。

④ 一些自家的土特产，把它们带回家！

⑤ 欢迎再来！

小春日和的生活智慧

"搞定了。英子,久等了!""修一,拜托你了。——英子"家里、菜园里随处可见这些由修一先生亲手制作的留言板和旗子,他有时还会在上面画些插画。

这面绘有插图的旗子的意思是："请帮我翻翻土。""干完咯。"只要英子女士把旗子插在需要翻土的田里，修一先生就会去干活儿，然后插上旗子以示完工。

留言板的使用

津端夫妇在生活中默契十足，往往无需多言就能心意相通，日子过得平安顺遂。结发五十余年，一直相依相伴，整个家都萦绕着一股令人心安的气息。

英子女士说："我们俩没吵过架红过脸。吵架后的感觉特别糟糕，所以遇着事，都告诉自己，没什么大不了的，就让那些不愉快过去吧。我最讨厌争吵了，希望每天的生活都能像初冬的太阳一样和暖晴朗。"

身为商人家的千金，受成长环境影响，英子女士说起话来总是直截了当。而修一先生在东京长大，个性沉稳，有时未免会吃不消。两个性格不同的人能够恩爱至今，多亏了修一先生亲手制作的留言板。

木制留言板上写着："正在洗衣服／不要忘记哦！"翻过来，背面为了少忘事，修一先生做了木制留言板。先用便笺打印机打出工整的印刷体，放大复印后拓印到木牌上，用电烙铁描出形状。他补充道："留言板上还是用熟悉的字体比较好认。"

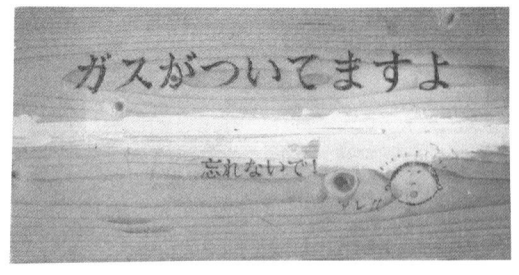

开着煤气呢，不要忘记哦！

正在洗衣服，不要忘记哦！

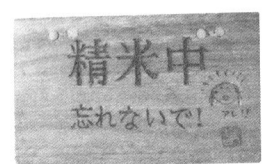

正在碾米，不要忘记哦！

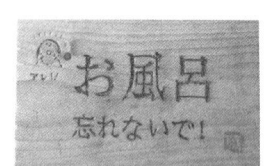

正在热洗澡水，不要忘记哦！

也有文字，是夫妇二人的一问一答："水都没关，上哪去了？""对不起，下不为例。"

修一先生解释道："这是为了彼此的私人空间特意准备的。夫妇之间没有自己的空间可不行。"老伴也附和道："用留言板，提意见的和被建议的人，都不会感到别扭。"

原来如此。津端夫妇的安稳生活中必不可少的小道具就是这些传达严肃意见的留言板。有时，对着某些失误喋喋不休，的确会破坏家里的良好氛围。两位老人贴心地给彼此留出空间，让夫妻间的情谊永远像初冬里的太阳般温暖。修一先生处事潇洒又细腻周到，这个办法是他的又一独家秘诀。

小心！撞到会疼哦！！

农具室的屋檐下、棚屋一角、树枝下……这些容易磕碰的地方都悬挂着修一先生做的提示牌，颜色醒目，容易辨识，还写了幽默的提示语。

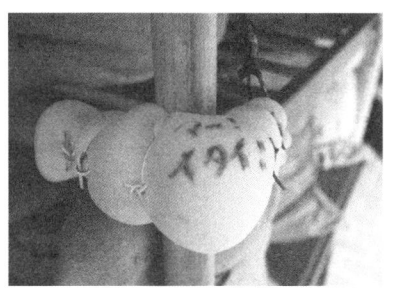

农具室里用来做核桃柚饼和年糕的大蒸炉上也写了字，提醒使用者记得熄火。

刮菜板

帮妻子收拾她喜爱的花柏木菜板。"刚觉着菜板有点脏,修一就帮我弄干净了。"图为修一先生在挫木鱼花。

各展所长

津端夫妇相伴走过了五十余年,依然精心呵护着彼此的爱情。两人的性格虽然截然相反,生活中却成了互补,日子过得有声有色。

英子女士的性格着实有些不拘小节。她当了一辈子家庭主妇,做家务、干农活时往往跟着感觉走,掂量着差不多就行了。她笑着说:

"做饭时,我从来不称调味料的用量。比如酱油,我直接往里倒,感觉差不多了就停。"

做蛋糕时,砂糖一下倒多了,还撒出来一些。"擦干净不就行了吗!"她若无其事道。

修一先生则是个做事细致的人。他将缜密的性格发挥到了极致,

> 要是修一不在就麻烦了。平时都是他告诉我东西放在哪里。

从家的整体设计,到帮助妻子做农活,再到文件和书信的记录、管理与整合,都由他一手负责。

对了,打邮包也是修一先生的工作。两位老人每个月都要给女儿和朋友家寄些自家菜园出产的蔬菜、水果,以及英子女士亲手做的果酱、面点、小菜等。邮寄前修一先生总要先列一张表,写清"寄给谁、寄什么、寄多少",再开始打包。

英子女士笑着说:"换成是我,肯定大致分一下就寄出去了。"修一先生打邮包时,连胶带的贴法都非常讲究,打好的包裹整洁大方,让英子女士非常佩服。

修一先生很会晾晒衣物。先用力把衣物抻平，确保没有皱褶，再用夹子牢牢地固定在晾衣杆上，同样形状和大小的衣物排列在一起，一眼看上去整齐美观。

和社会上大多数男性一样，修一先生退休前基本不干家务，但现在已经能轻松地帮妻子干活儿了。平常家里来了客人，他会帮着洗菜刷碗。而且不知从何时起，连每天的洗衣工作都承包了。

"修一早上和中午都要洗衣服，我以前都是攒着一起洗。"英子女士笑着说。

老先生则笑着回应："好意思说呢，你哪里攒过要洗的东西，都是用完就扔进洗衣机里。还说'反正不用我洗'。"

互相打趣的对话处处透露着丈夫的体贴周到，以及妻子的幸福快乐。

英子女士说："修一是个闲不住的人，特别勤快，眼里总有活儿。我怕他累着自己，有时候会在中午做点烤肉给他补补体力。修一却说：

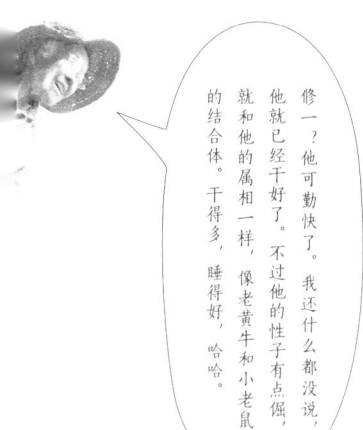

"修一？他可勤快了。我还什么都没说，他就已经干好了。不过他的性子有点倔，就和他的属相一样，像老黄牛和小老鼠的结合体。干得多，睡得好，哈哈。"

叠衣服也是修一先生的工作，他可以充分发挥自己在帆船运动中培养的打包技巧。

'老婆给我做了烤肉，我得加倍努力。'下午又去干活儿了。其实我真希望他能多休息一会儿。"

二人的早饭各不相同。英子女士吃面包，修一先生则更喜欢米饭配海苔、纳豆、佃煮等小菜。"修一喜欢白米饭，大早上就能吃两碗。"

不勉强对方

"不勉强对方"是津端夫妇在生活中达成的默契。

修一先生不喜欢蔬菜，英子女士从来不强迫他吃。

她说："我很讨厌剩菜。所以修一想吃什么就吃什么，我从不勉强他吃不喜欢的东西。"她会按照修一先生的喜好准备饭菜，再费些心思琢磨其他方法补充三餐中缺少的营养。每天清晨的新鲜蔬菜汁就是她的一项发明。

"我从小就被家里人教育说，女性应该奉献，要在丈夫背后支持他。所以我觉得这些付出是理所当然的，没什么大不了。"

修一先生也从不对妻子的行为指手画脚，她想买什么都欣然同意：

"修一跟个孩子似的，鸡肉不吃，鱼不吃，带骨头的肉不吃，吃个甜橙还要加糖。点心的话，最喜欢薄脆酱油饼干，一会儿工夫就能吃好多。"修一先生反驳道："明明只吃了一点。"

"买吧。"妻子想做什么他也毫无异议："可以啊。"他身上既有昭和时代的大男子主义，又有些绅士风度。

英子女士感慨道："修一从没干涉过我的自由。现在回想起来，我想做什么、想买什么，他都由着我。这真的很难得，我很感谢他。"

五十余年的婚姻生活不可能一直平静无波，但夫妇二人用自己的方式去体贴对方，至今恩爱有加。而外人根本无法想象他们曾经历过怎样的风浪。

修一先生的培根

培根是修一先生引以为傲的"男子汉料理"，包含着熏烤时四溢的香气，等待成品时的喜悦，还有刚烤好时那让人垂涎欲滴的滋味。他与我们分享了自己的独家食谱。

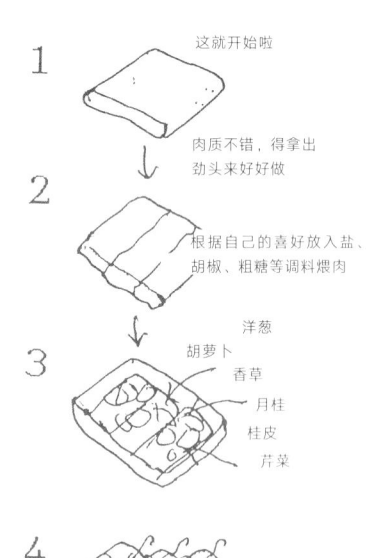

培根的熏制方法

【准备】

1. 提前四天到一周。
   先在肉店下好订单，告诉他们"是烤培根用的"。我一般买三块猪肉，都要肥肉少的部位。

2. 提前三天开始准备熏肉用的材料。
   先将肉切成小块，确保熏炉里挂得下。然后加盐、胡椒、粗糖，把肉煨起来。

3. 肉煨好后，撒一层提味菜（洋葱、胡萝卜、香草、月桂、桂皮、芹菜），装入搪瓷盘，压上镇石，在冰箱里冻三天三夜。

4. 熏烤前把三块肉洗干净，用风筝线绑好挂起来。准备工作到此全部完成。

1　这就开始啦
肉质不错，得拿出劲头来好好做

2　根据自己的喜好放入盐、胡椒、粗糖等调料煨肉

3　洋葱／胡萝卜／香草／月桂／桂皮／芹菜

4　用风筝线绑好后挂在吊钩上

津端家的美食

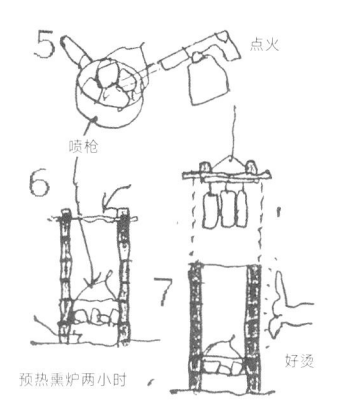

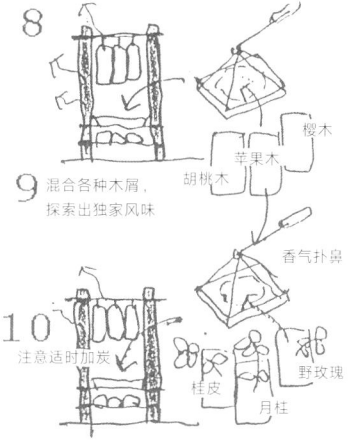

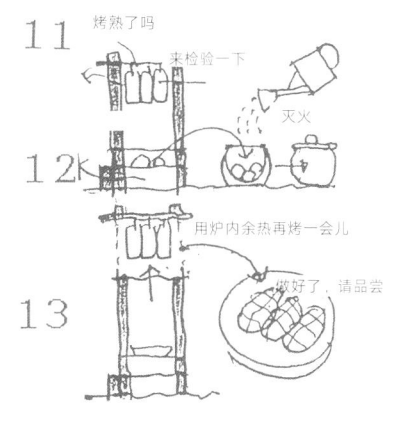

【熏制方法】

5 把炭块放进火盆里，用喷枪点着。再用扇子扇风待炭块充分燃烧后转移至熏炉里。

6 炭块放在最底层，充分燃烧后在上面加一个盛木屑的烤盘，盖好炉盖，让熏炉整体预热两小时。

7 要开始挂肉了。注意让有肥肉的一面面向炉壁，肉和肉、肉和炉子之间一定要留有缝隙。

8 之后是熏烟。可以根据自己的喜好选择不同的木屑，比如樱树木屑、山核桃木屑、胡桃木屑、苹果树木屑等。这些材料都能在市场上买到。

9 木屑可以只用一种，也可以选择两种或多种混用。探索合适的木屑搭配亦别有乐趣。我们俩曾经用杂树林里的麻栎木树枝做过木屑。

10 木屑变黑后就要换下来，大概每十五到二十分钟换一次。换过三次后，为了让香气沁入熏肉，要掺一些干的月桂、桂皮和野玫瑰叶子。

11 培根的味道渐渐熏烤出来了。从把肉挂进熏炉算起，约一个半小时后，基本就能出炉了。用竹签扎下肉，如果能扎透，就说明烤熟了。

12 准备灭火。取出炭块，放入灭火罐里，洒水。先不取出培根，用熏炉的余温再烤约十五分钟。完成这步才算大功告成。

13 切开新鲜出炉的培根，趁热吃吧。味道好极了。吃完记得认真清理厨具。

61

修一先生手工搭建的熏炉。"五层高和八层高的熏炉我都试过，经过很多次改造后，发现七层高效果最好。"这座熏炉由砖块堆砌，以钢丝固定。

熏炉的搭建方法

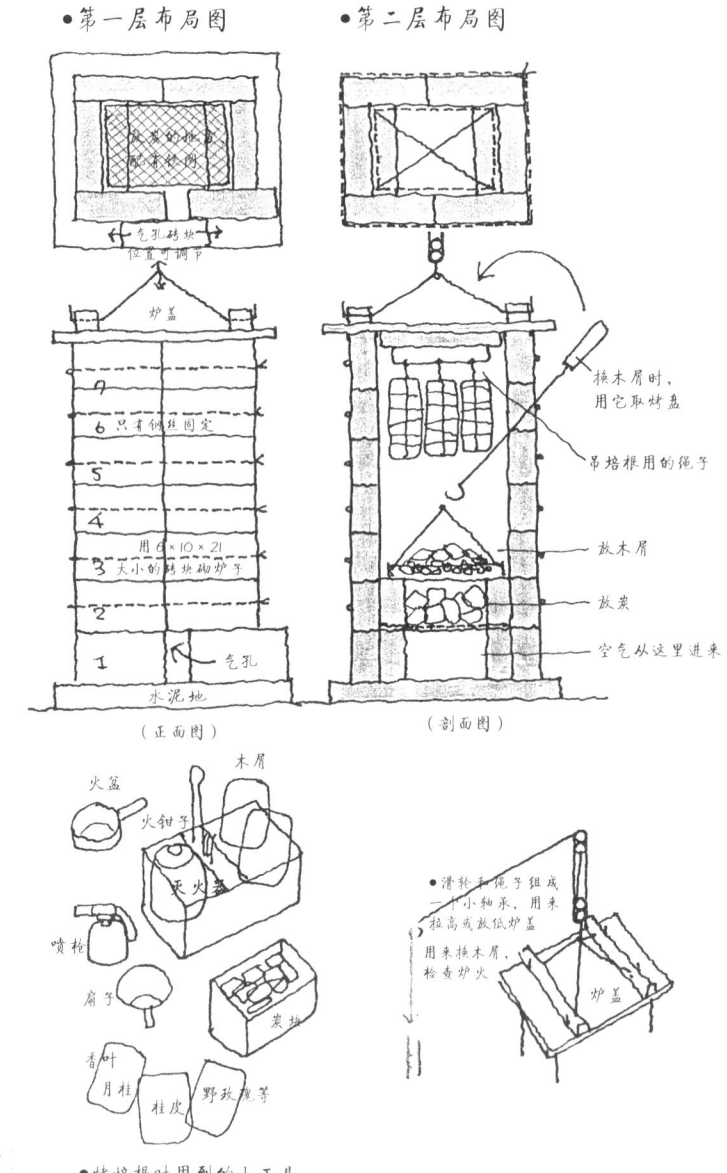

- 第一层布局图
- 第二层布局图

（正面图）　　（剖面图）

- 烤焙根时用到的小工具

津端家的美食

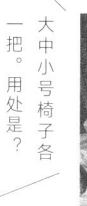

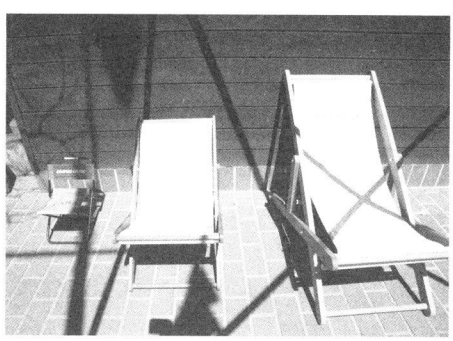

等待培根烤熟的时间里

大中小号椅子各一把。用处是？

修一先生来了

坐下查看熏炉的状况

三十分钟后

十五分钟后

他悠闲地坐在椅子上,等待培根烤熟:"只需十五分钟换一次木屑和月桂叶,其余大部分时间我都这样等着。"

津端家的菜园和杂树林

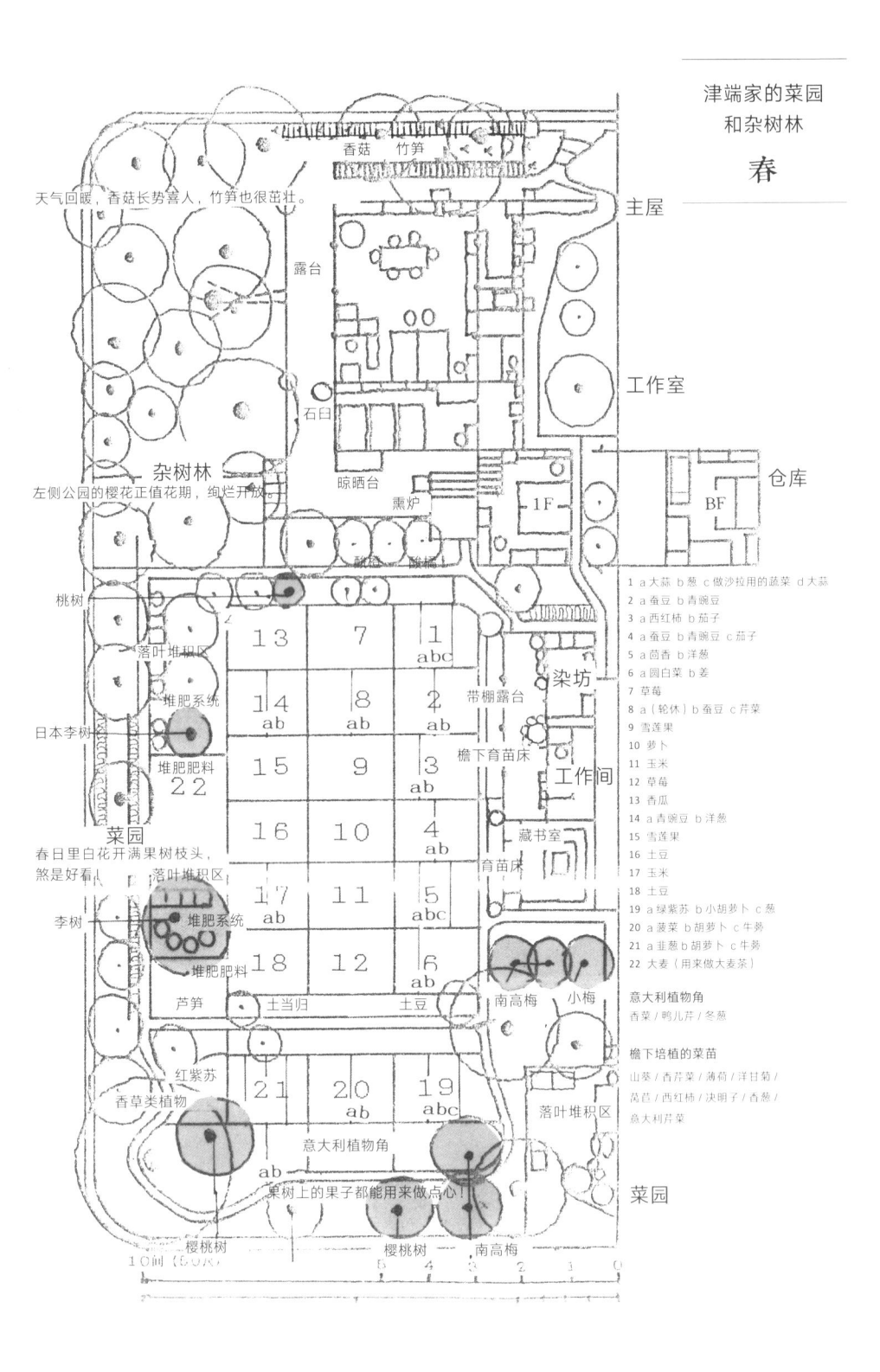

春

天气回暖,香菇长势喜人,竹笋也很茁壮。

香菇 竹笋

主屋

工作室

杂树林

左侧公园的樱花正值花期,绚烂开放。

露台

石臼

晾晒台

熏炉

仓库

1F BF

染坊

带棚露台

檐下育苗床

工作间

藏书室

育苗床

桃树

落叶堆积区

堆肥系统

日本李树

堆肥肥料

菜园

春日里白花开满果树枝头,煞是好看

李树

落叶堆积区

堆肥系统

堆肥肥料

芦笋　土当归　土豆　南高梅　小梅

红紫苏

香草类植物

意大利植物角

果树上的果子都能用来做点心!

樱桃树　樱桃树　南高梅

落叶堆积区

菜园

1　a 大蒜 b 葱 c 做沙拉用的蔬菜 d 大蒜
2　a 蚕豆 b 青豌豆
3　a 西红柿 b 茄子
4　a 蚕豆 b 青豌豆 c 茄子
5　a 茴香 b 洋葱
6　a 圆白菜 b 姜
7　草莓
8　a(轮休) b 蚕豆 c 芹菜
9　雪莲果
10　萝卜
11　玉米
12　草莓
13　香瓜
14　a 青豌豆 b 洋葱
15　雪莲果
16　土豆
17　玉米
18　土豆
19　a 绿紫苏 b 小胡萝卜 c 葱
20　a 菠菜 b 胡萝卜 c 牛蒡
21　a 韭葱 b 胡萝卜 c 牛蒡
22　大麦(用来做大麦茶)

意大利植物角
香菜 / 鸭儿芹 / 冬葱

檐下培植的菜苗
山葵 / 杏芹菜 / 薄荷 / 洋甘菊 /
莴苣 / 西红柿 / 决明子 / 香葱 /
意大利芹菜

10尺(3.0米)

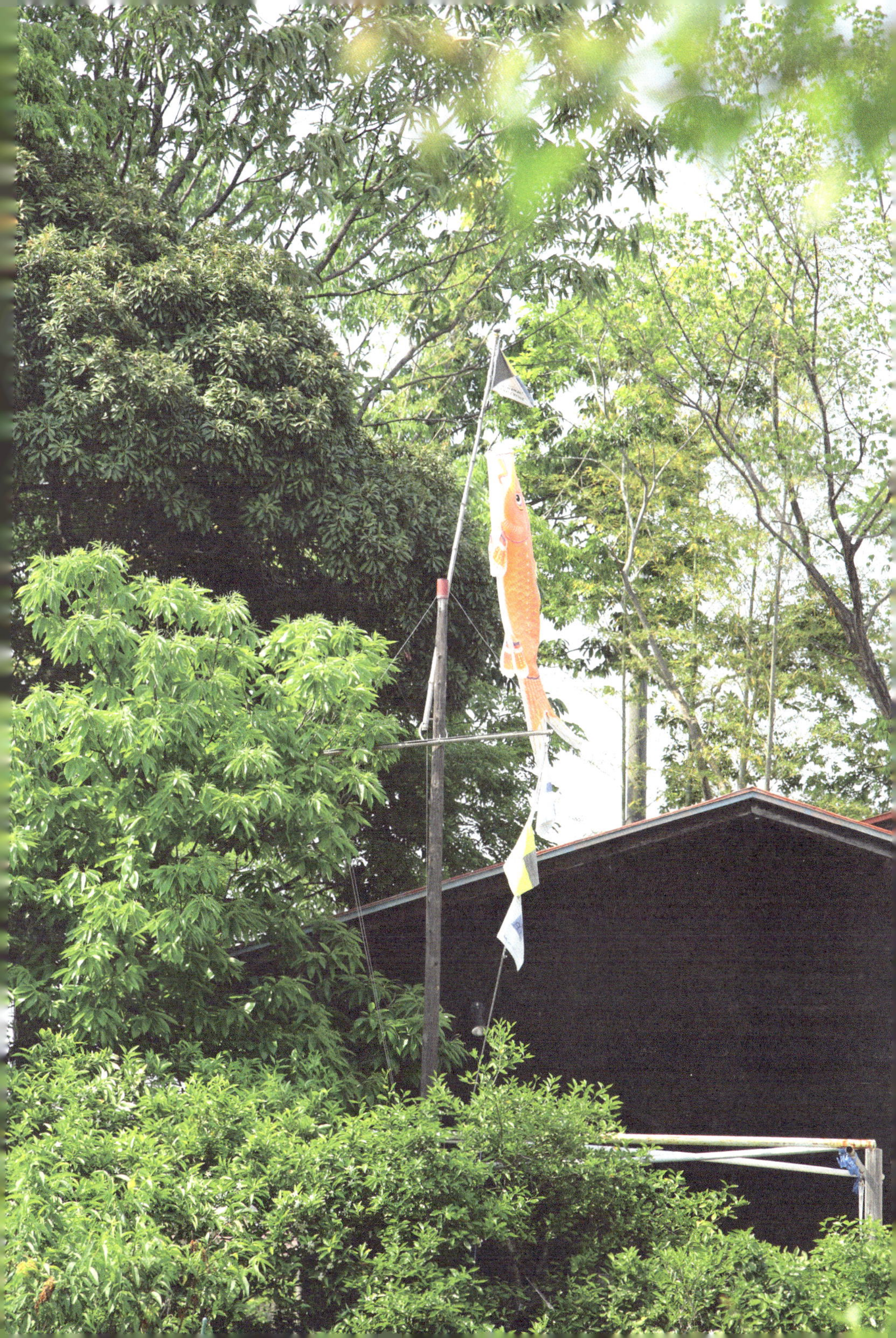

SEIKO
HIDEKO 1980

夏

日中闲眠

夏季,正午时分,菜园上空烈日炎炎,让人无心工作。于是两位老人早上四点钟就起床,五点开始干农活。「起床后吃根香蕉就去田里忙活,干完活儿再吃早饭。中午干不了别的,只能睡觉啦。」

收获

大麦茶

去年秋天种下的大麦苗壮成长,已有半人多高了。麦穗金黄遍地,收割的季节终于到了。英子女士说:"收了麦子给外孙女花子做大麦茶喝,她每年都盼着呢。"

得用铲子吧。

用手拔不出来吗?

拔不出来,拔不出来。

不用铲子也能行。

英子,用手拔对身体不好。

英子女士有些遗憾地说:"今年的收成不太好啊,也许因为春天有点冷吧。"修一先生在旁补充道:"小鸟还偷吃了好多。"为了尽量减少小鸟造成的损失,今年的收割期比往常提前了。照片中的喇叭是用来驱赶小鸟、保护庄稼的。

脱壳

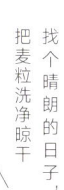

找个晴朗的日子，把麦粒洗净晾干

把谷壳揉下来，再用电扇吹一吹，确保麦粒彻底脱壳。将脱壳的麦粒洗净晒干后，装入瓶中保存。

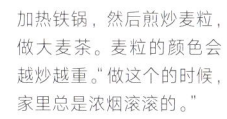

煎炒

加热铁锅，然后煎炒麦粒，做大麦茶。麦粒的颜色会越炒越重。"做这个的时候，家里总是浓烟滚滚的。"

炒好出锅

今年的收割比往年要早一些，麦穗晾干、完全变黄后就可以脱壳了。刚脱壳的零散麦粒是淡茶色，把它们放在平底锅里煎炒成深棕色，爽口的大麦茶就出锅了，堪称夏天饮用佳品。

"得赶紧给花子寄过去。"大麦茶刚炒好，修一先生就兴冲冲地去打邮包了。

69

夏季腌菜

果醋菠萝
夫妇二人每年都从冲绳的石垣岛订购菠萝,这种菠萝味道绝佳,除了生吃,还可以用葡萄酒醋腌起来,能保存很长时间,还能用来做糕点。

甜醋藠头
他们每年都用甜醋把菜园采来的藠头腌起来,分量十足,够自家吃上一整年,还会送给亲朋好友,大家都很喜欢。
* 制作方法见九十五页

梅干

咸梅干是夫妇俩夏天早饭必备的。

每年英子女士都亲手腌制很多咸梅干,非常受欢迎,基本上不到一年就会被吃光。

"这是园子里的南高梅新产的梅子。还有点青,不过今儿就可以腌了。希望今年也能腌出好味道!"

每年的咸梅干都是英子女士亲手做的。今年她尝试了烹饪节目里教的新做法。

◎制作方法

采摘黄色的梅子,用盐腌起来(用量:梅子重量的百分之八)。再用盐揉搓紫苏叶约两次,以去其苦涩。之后把紫苏和腌出的梅汁泡在一起。在盛夏来临前的近一个月里,每天翻拣梅子,以防发霉。入伏以后,当天气预报提示未来连续三天都是晴天,就把梅子盛到笸箩里,拿到户外晾晒三天三夜。

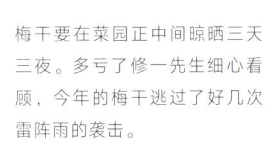

梅干要在菜园正中间晾晒三天三夜。多亏了修一先生细心看顾,今年的梅干逃过了好几次雷阵雨的袭击。

夏季的收获

夏季的菜园蔬菜和花草长得足有半人高,活像个热带雨林,在其中穿行很困难。津端夫妇一般都在清早或傍晚干活儿,以躲避正午的烈日。

英子女士说:"哎呀!萝卜都长裂了。夏天的农活真是一天都不能耽搁啊。"

收完西红柿、茄子、黄瓜等夏季时蔬,就要准备种冬季蔬菜了。

"园子不大,所以这些田地得按顺序轮番种,不然就赶不上农时了。"

1 蘘荷和长势旺盛的土佐姜。2 哈密瓜的变种甜瓜,最适合做夏日甜点。3 用来做决明子茶的望江南。除了大麦茶,津端夫妇还爱喝决明子茶。4 酸橙。今年久违地结了果实。5 一只空蝉蜕。也许因为今年早春寒冷,蝉虫破壳都较往年晚了些。6 做炖菜时常用的意大利西红柿。

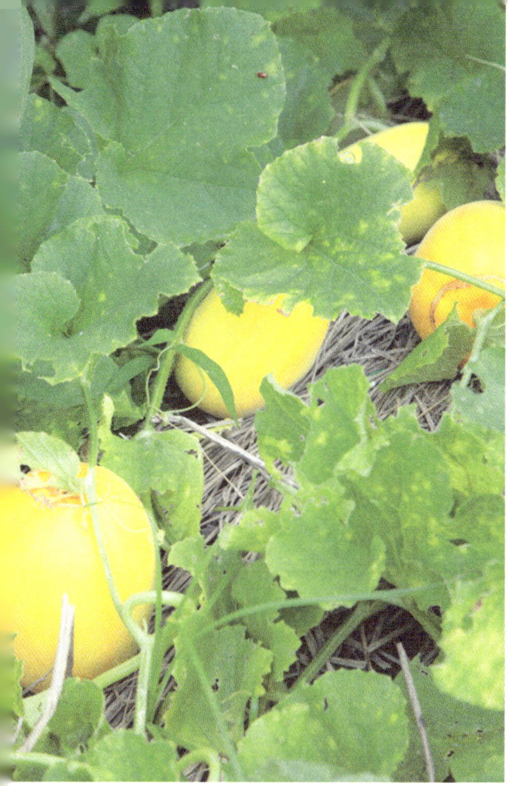
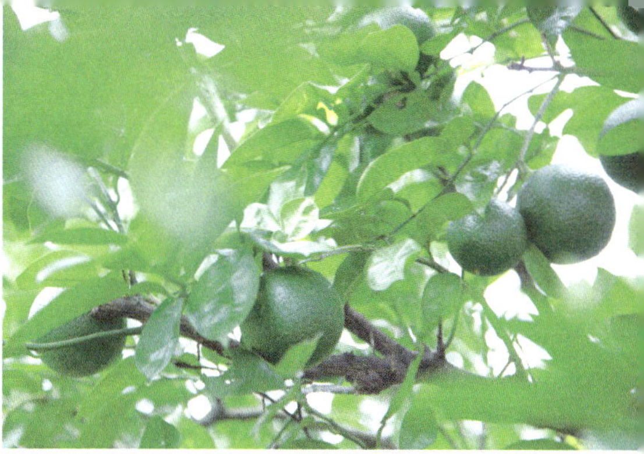
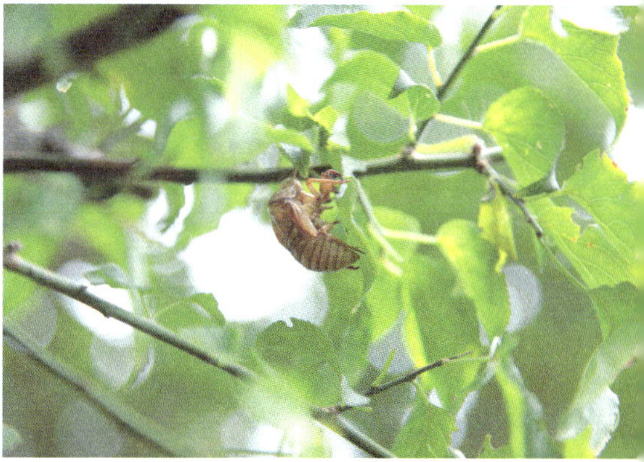
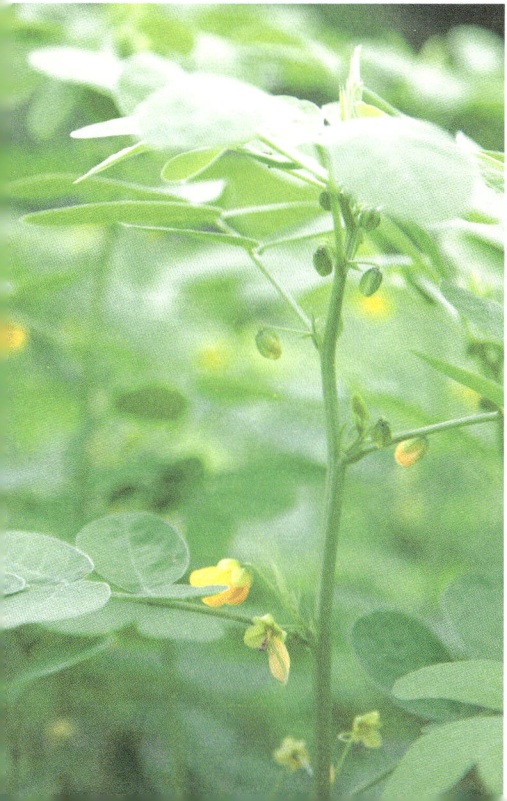
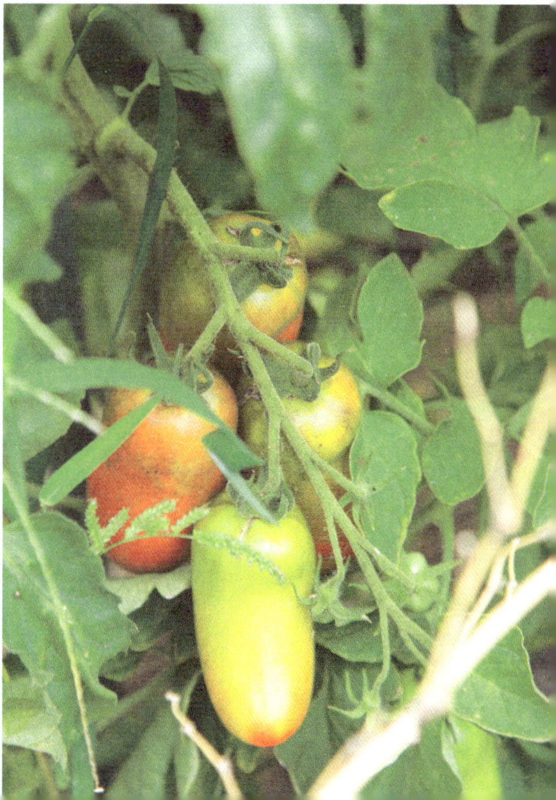

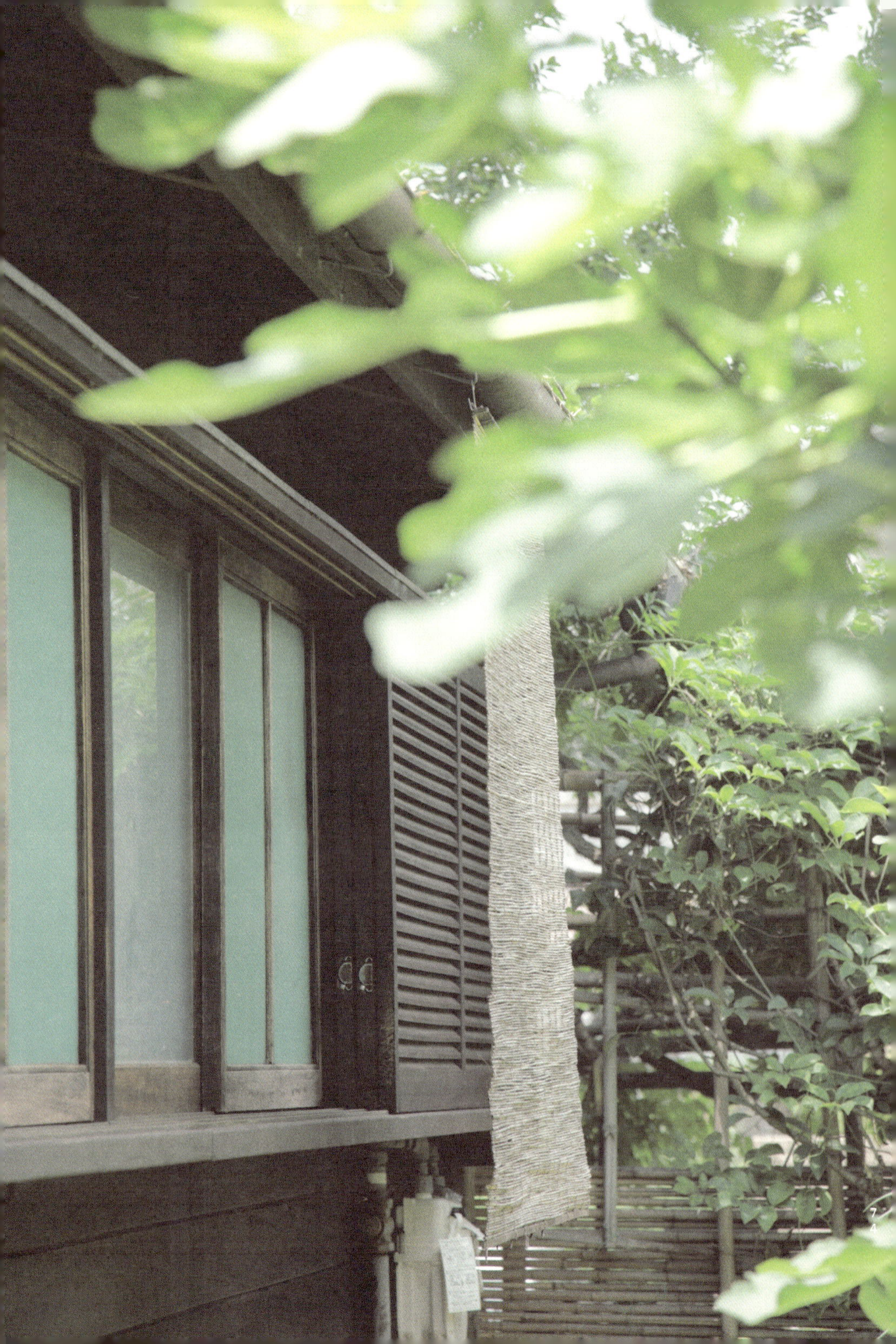

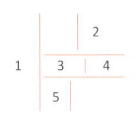

家具重新布置后，室内的空气更通畅了，待在屋里感觉很舒适。**1** 窗上挂着怀旧的蓝色纱网，窗外是垂下的草帘。**2** 用苇帘替换了糊在拉窗上的白纸，恰好挡住盛夏的阳光。**3** 床上铺的白色被褥，清爽凉快。**4** 玻璃餐具。**5** 灯心草座垫。

整理夏日家居

　　津端夫妇在生活中以自然为友，刚入夏，两人就把一应家居换成了夏天的样式。一席苇帘替换了拉窗上糊的白纸，橱柜里的餐具从陶瓷换成了玻璃，床上用品的材质则从棉布变成了麻质。"这样一整理，感觉屋中的气流都带着清凉。真是太神奇了。"

英子女士收藏的餐具

英子女士的餐桌上有美味的饭菜,还有与菜品搭配合宜的餐具。

"我很喜欢买各种各样的餐具,特别是做工良好的珍品。从年轻时,我就开始一点点收集这些好东西了。"她说。

英子女士收藏的大部分器皿都做了两个女儿的随嫁,不过她还是留了些自己特别喜欢的。她笑道:"女儿的品味似乎和我不太一样,有些餐具用不上,就又退还给我了。我手头这些都是她们不要的。"

	4	7
1	5	8
2 3	6	9

1、2 理查德·基诺里的小咖啡杯和点心盘。"这套餐具是花子出生后，通过索尼邮购服务凑齐的。"3 左侧为赫伦的玫瑰花纹咖啡杯。"我很喜欢这个杯子，曾送给了女儿，不过她说用不上，又还给我了。"右侧的杯子"是麦森的，图案里有修一名字的首字母哦"。4 在京都买的小方盘。5 砥部烧。"在松山旅游，逛街时没有看到合我心意的，最后在机场淘到了这个小盘。"6 在京都陶瓷器个人展上买的名家之作，英子女士十分中意上面的花纹。7 修一先生因公去西班牙时买给英子女士的礼物。8 拥有优雅木纹的圆形多层套盒。9 九古烧。"这是我结婚后买的第一件瓷器。当时想用它盛樱饼来着。"

而英子女士最爱的还要数砥部烧这种质地厚重质朴的陶瓷器。谈到未来，她说："今后我还想慢慢收集更多好东西。"

款待客人的早餐

清晨七点半,有客人登门拜访。英子女士爽朗地笑着打招呼:"早上好,快进来吃饭吧。"今天的早餐一改平常的简单风格,非常丰盛。主菜是刚从菜园摘的玉米,修一先生用放在庭前的七厘炭炉烤熟:"用炭火烤有远红外线烧烤炉的效果,格外好吃。"

除了刚刚烤好的玉米,餐桌上还整齐地摆着新鲜的蔬菜鸡肉沙拉、各式面包及甜点。

炭火烤有远红外线烧烤炉的效果，格外好吃。

2	4
3	5
1	
6	7

1 餐桌上的器皿统一为玻璃制品，整齐协调。2 鸡丝鳄梨沙拉，配柠檬汁。3 糖渍蜜桃。4 面包和松饼上抹了纯手工制作的草莓酱。5 新鲜熟透的青西红柿做成的沙拉上撒了橄榄油和盐。6、7 烤玉米的工具也是修一先生亲手制作的，黄色是津端家的标志色。

79

厚厚的烤牛肉浇上英子女士特制的多蜜酱汁。配以土豆、蚕豆、胡萝卜和绿豌豆蜜饯,非常美味!
*烤牛肉的制作方法见一百五十四页

夏天的馈赠

　　今天的主菜是烤牛肉,既适合招待客人,又能祛暑解乏。为了准备这道大菜,津端夫妇从三天前就开始腌牛肉了。

　　英子女士招呼道:"快来吃吧,都多吃点。""偶尔大吃一顿也挺好的。"修一先生边说边拿出一瓶珍藏许久的香槟,砰的一声后轻轻拔去软木塞,为每个人斟上美酒。大家举起酒杯一饮而尽,庆祝今天的相聚。

修一先生的手绘　某个夏日

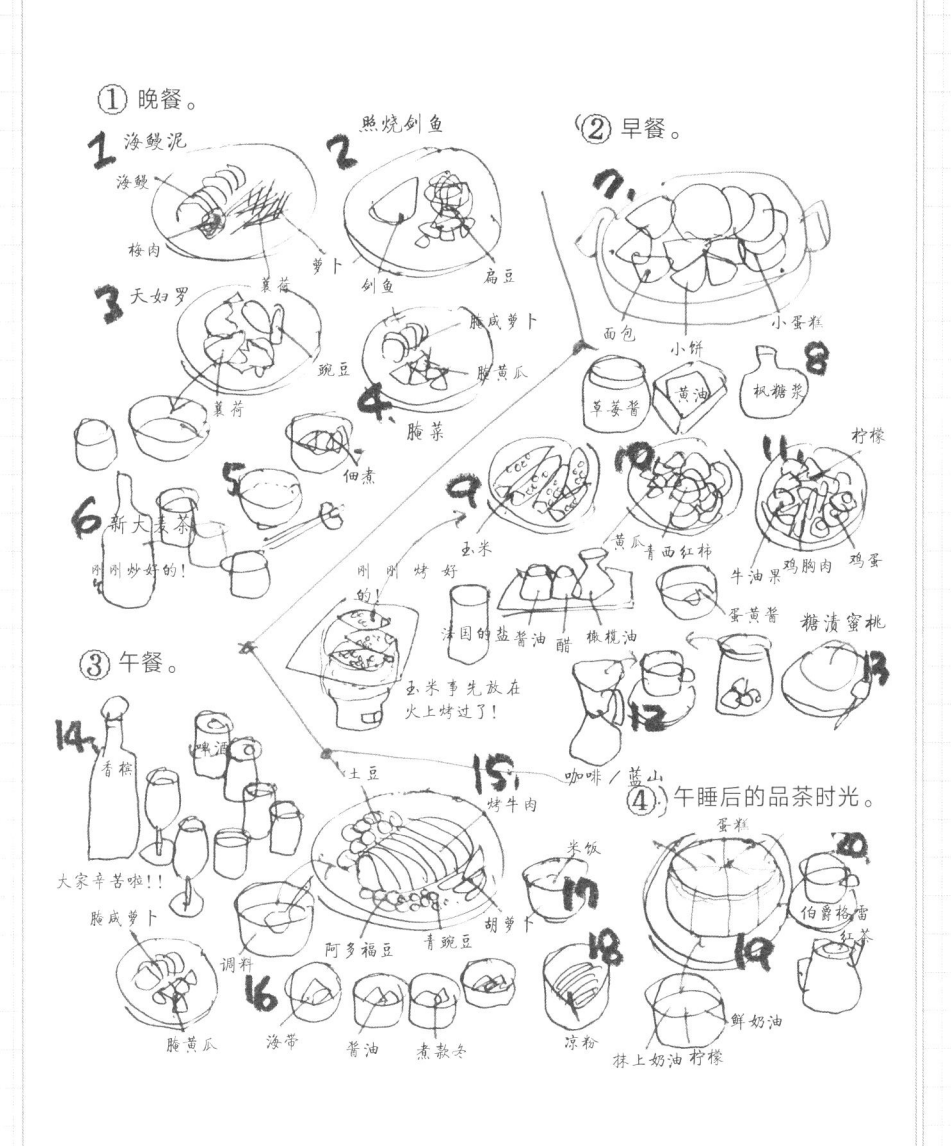

代代相传的生活智慧

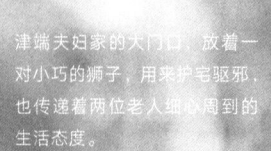

津端夫妇家的大门口，放着一对小巧的狮子，用来护宅驱邪，也传递着两位老人细心周到的生活态度。

"修一不爱在外边吃饭,所以我们基本上都在家里吃。"两位老人每天都在他们挑选的餐桌上享受三餐,英子女士按自己的眼光选了白色的桌布来搭配高品质的料理。

存储味道

英子女士说:"年纪越大,我的口味和母亲的越像。不知从什么时候开始,哥哥弟弟们吃完我做的饭菜都会说:'就是这个味儿,跟老妈做的一样,真好吃。'我觉得味道就是这样一代代传承下来的。"

英子女士记得小时候母亲经常亲手为家里人做面包等美味,并教导自己的女儿:"民以食为天,'吃'是人生中最重要的部分。"

她还告诉女儿什么是最正宗的味道,这些关于味道的记忆在英子女士的脑海中依然清晰。

"我偶尔也看一些食谱,但基本是以妈妈的味道为基础自己发挥。"

小时候记住的味道,是永远也忘不掉的——英子女士对此深有体现在也挺好吃的。

再加点盐拌黄瓜会不会更好吃?

蟹肉拌黄瓜

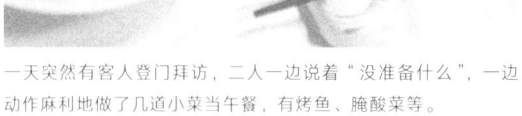

一天突然有客人登门拜访,二人一边说着"没准备什么",一边动作麻利地做了几道小菜当午餐,有烤鱼、腌酸菜等。

会,外孙女花子出生后,她想把这独有的家的味道传续下去。

"女儿女婿住在东京,大城市的生活十分忙碌,家庭主妇也要时常出门办事。我担心女儿没时间准备饭菜,所以定期送些小菜给他们,比如焯一下马上就能吃的蔬菜、可以直接吃的煮菜等。"

送到东京的包裹里满含着自家出产新鲜蔬菜的纯正味道和"姥姥做的菜"的味道。从花子上幼儿园起就开始寄包裹,今年花子满二十一岁了,英子女士已经坚持了十八年。

花子有时会打电话和姥姥说谢谢,有时会寄来明信片告诉姥姥想吃什么,这对英子女士来说是莫大的鼓励,包裹一年比一年丰盛,拿手好菜层出不穷。

说到味觉的传承,老妇人颇为得意地讲了件趣事:"我每年夏天都我家种的青豌豆，很好吃哦！

蘑菇、青豌豆炖小鸡。蘑菇是在杂树林里采的，青豌豆是菜园里种的。"今年好多蔬菜的收成都不太好，但青豌豆的长势不错。"

会给女儿家寄贮藏了十年的梅子酒。去年不小心弄错了，寄成了六年的酒。花子就跟我说：'姥姥，今年的酒味好像不太对。'你看，这就是从小培养的味觉，她能品出来。"

她感慨道："不论男女，工作后就要忙于生计，无暇他顾，这也是没办法的事。六十多岁的人退了休，可以帮忙做很多事啊。老人家别整天只顾享受自己的人生，为了让下一代人活得更加充实，应该把自己的经验多传给他们一些。"

英子女士中意的一套中式茶具，平时收在红色漆盒里，摆在餐桌旁。"这是刚结婚时在原宿的一家老店买的，当时好像卖九千日元。"

一点点地收集

前面提到，英子女士希望下一代人能活得更充实。她花费数十年时间，慢慢收集各种珍品餐具，并把这些珍藏留给自己的女儿和外孙女。

"收藏不是一蹴而就的，但把遇见的好东西买下来，慢慢地就能积攒不少。我从年轻时就开始有意识地这样做了。"

英子女士对每一件藏品都视若珍宝，不管问到哪一件，她都能清楚地答出购买的时间和地点："这件是刚结婚时在新宿的伊势丹商场买的""那件是和女儿一起去京都时买的"……最近，她基本都用索尼邮购服务购买看中的餐具。十二生肖的筷托和她最喜欢的那件兔子图案的器皿，就是在索尼商品邮购册上相中的。

慢慢地，收集喜欢的餐具成了英子女士的一项人生追求。

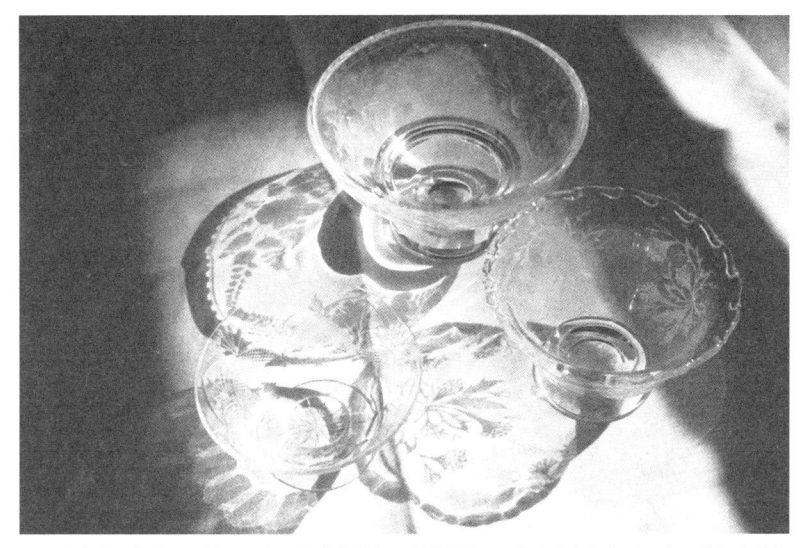

古旧玻璃碗,花纹纤巧美丽,多用来盛放甜橙、草莓等水果。"我住在东京时,有一家很喜欢的店经常去逛,这套碗就是在那里买的。"

"外孙女花子出生时,我就想,以后每年到她生日和圣诞节那天,都要送昆庭的银器给她做礼物。"

英子女士原本希望送银器给自己的女儿,却出于种种原因没能如愿。

于是,在迎来人生第一个生日时,花子得到了姥姥送的一套餐具,有专门用来吃正餐的刀、叉、勺,以及吃点心用的小勺和小叉。精美的花体字雕刻着花子名字的首字母。

从那以后,每年圣诞英子女士都会送一套昆庭的经典款银器给外孙女,比如有一组招待客人用的餐具,内含六把雕有可爱花纹的勺子。不仅外孙女用得上,在重外孙乃至更小辈的生活中,这些礼物也能派上用场,她这么想。

餐椅坐套是新的

餐椅坐套磨损了,英子女士便用织机纺了块新的,修一先生亲手把它们换上。颜色还是保持了羊毛原色,因此每件的色泽和纹路都不相同。

修补之乐

谈到收藏的标准,英子女士说:"其实我是个喜好非常分明的人,很容易跟着感觉走,不会考虑太多。平时买小件的生活器具也是这样。结婚后,修一几乎把工资都花在了帆船爱好上,我俩没什么闲钱,甚至有点拮据。所以我买东西比以前慎重多了,除了自己喜欢,还得是耐用、能留给下一代的物品。"

身为酿酒坊主家的千金小姐,英子女士自幼生活富裕,见识过各种珍品,有副好眼光,总能发现好东西,但从不冲动消费。就拿置办家具来说,夫妇俩宁愿多花些时间,好一件一件凑齐修一先生认可的松本中央民艺家具。

休闲椅的靠垫套也是新的

英子女士年轻时一直穿和服,现在她把当年的绵绸和服加工成了靠垫套。"到了夏天,被套、靠垫套都要换成麻布的。"

现在家里用的大餐桌是从荷兰买的,结实厚重,感觉用上一百多年也不成问题。津端夫妇对这张桌子非常满意。

修一先生敬重的建筑大师安托宁·雷蒙德曾送给夫妇二人一对圆形大椅子作为新婚贺礼,至今已用了五十余年。椅垫是英子女士亲手缝制的,常换常新,怎么也看不腻。

他说:"我们家的东西都是老古董。钟表用了四十年,冰箱二十五年,万宝龙牌的钢笔也有四十多年,只有电视在模拟信号统一改成数字信号时换过一次。"

津端家的传统是:"修修更好用,一用又是好几年。"东西坏了不

89

修一先生的红色自行车是津端家一水儿的"老古董"当中久违的"新面孔"。他每天都骑着爱车去附近的邮筒寄东西，那潇洒的模样让人很难相信他已有八十六岁高龄。

会马上扔掉，有次修一先生做海员时买的劳力士手表的表带坏了，但拴根皮绳就变成了方便实用的怀表，还能接着用。英子女士说："换表带大概要万把日元。我也跟修一说过：'省点钱出来买条新表带吧。'他却说不用。"

夫妇二人都很爱惜东西，而且对衣着没有太多要求，总是穿得很朴素。修一先生冬天一件黑毛衣，夏天一身水手服。英子女士一般是上衣搭配舒适的半旧裤子，很多衬衫和毛衣都是捡外孙女穿剩下的。两位老人觉得这样简朴但得体，不需要多加什么修饰了。

"修修补补还是挺有意思的。我们也希望女儿和外孙女能从我们的生活状态中得到些启悟。"

衣不如旧

"低腰裤穿起来好费劲。"英子女士说。她很爱穿那几条舒服的裤子,哪怕已经穿破了,也不忍心扔掉。"这条裤子好像是花子穿剩下的。我的衣服基本就是捡女儿和外孙女的。"

这里也有补丁

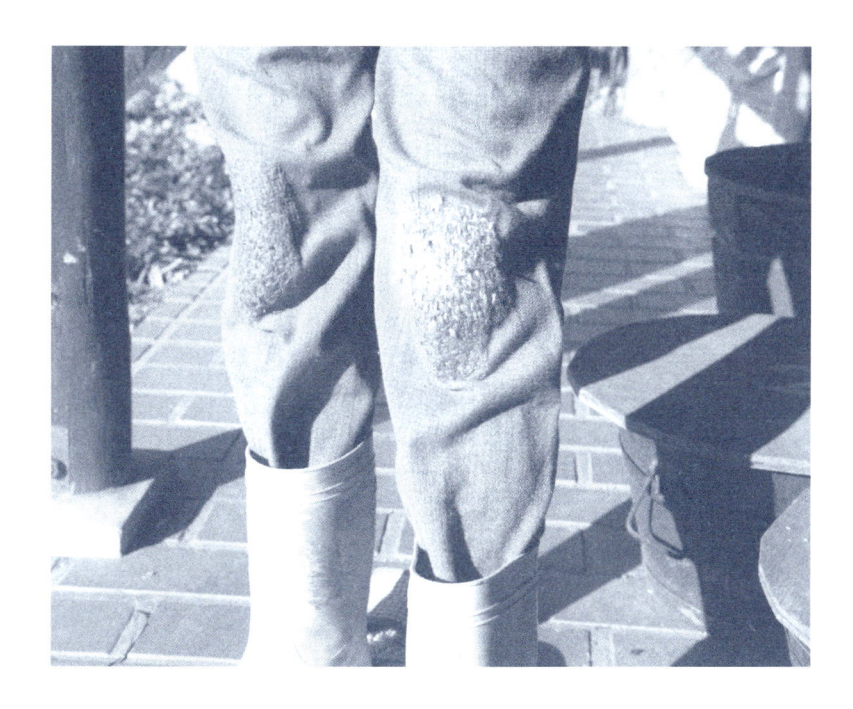

我手很笨的!真是不大会干活儿,上女校的时候,裁缝课的作业都是家里的女仆帮我做的。

英子总偷懒啊。连削铅笔这种小活儿都找卖桶的年轻人帮忙做,哈哈。

不过呢,活到八十岁,这么多年都在重复做这些事,总归也是有点儿长进的。

> 把红糖混入糖浆里,再用琼脂凝结成形,能做出类似金玉糖的糖果。这是我从书上学的。

> 我说虎屋的羊羹怎么做得这么蠢大蠢大的,原来是英子做的糖啊!哈哈!

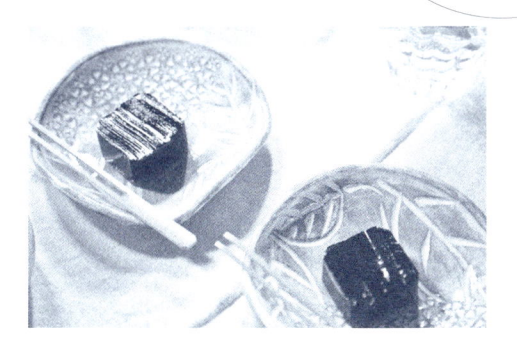

茶点

　　上午十点,农活暂且告一段落。津端夫妇习惯在此时放下手里的活儿稍事休息,悠闲地用早茶,享受惬意时光。早茶的点心和下午茶一样,基本都是英子女士做的。

　　餐桌上装点着庭前刚采来的鲜花,插在小巧的玻璃花瓶中,楚楚可怜。这一刻,时光悄然宁静。

酱油腌梅子

将梅子放在水中浸泡一晚，除去涩味后装一整瓶，再灌入满瓶的鲜酱油，放入冰箱冷藏。鲜酱油适合腌梅子，还能去除鱼贝类食材的腥味。

煮海带

把海带切成一点五厘米宽的小块，用木鱼花、酱油腌梅子出的汤汁、蜜饯梅子（制作方法见一百二十六页。也可用白糖、米酒替代）、老抽酱油、红糖一起调味。将切好的海带泡进去，汤汁稍稍没过即可。尝下味道，先用调味汁腌渍一晚，第二天再用文火慢熬至汤汁全部熬进海带。

煮蜂斗菜茎

原料是菜园里种的蜂斗菜，采回来后剥皮，看天气情况，晒上一天，风干后横切成三厘米长的小段。用木鱼花、酱油腌梅子时出的汤汁和蜜饯梅子调汁，淋在菜上，腌渍一整天后用文火熬煮，往锅里加一两块碎红糖和少许老抽。尝下味道，再煮到汤汁全部熬进菜里为止。

甜醋藠头

从田里采回藠头后马上洗净。剥皮去根，放入笼屉中，倒入沸水，等其自然变凉。接下来做汤汁，先在锅中倒入同等分量的甜醋和酒，再倒入细砂糖，汤汁口感偏甜即可，加热至沸腾后停火静置。将放凉的藠头装进干净的瓶子，灌入煮好的调味汁，放进冰箱冷藏。一个月后，将瓶中的调味汁倒出，重新煮沸。汤汁变凉后再次灌回瓶子，放上一段时间，甜醋藠头就算大功告成了。这样做好的藠头香脆爽口，如果想一整年都有的吃，就每隔一个月腌一次。

果醋菠萝

津端夫妇每年七月都会从石垣岛订一箱菠萝。把菠萝切成大小适宜的块，和葡萄酒醋、砂糖（可根据自己的喜好增减）一起放入干净的瓶子里腌渍一个月。在汤汁里放入冰块或凉水饮用，十分美味。用过的菠萝可以煮成菠萝酱，也可直接食用。

津端家的菜园和杂树林

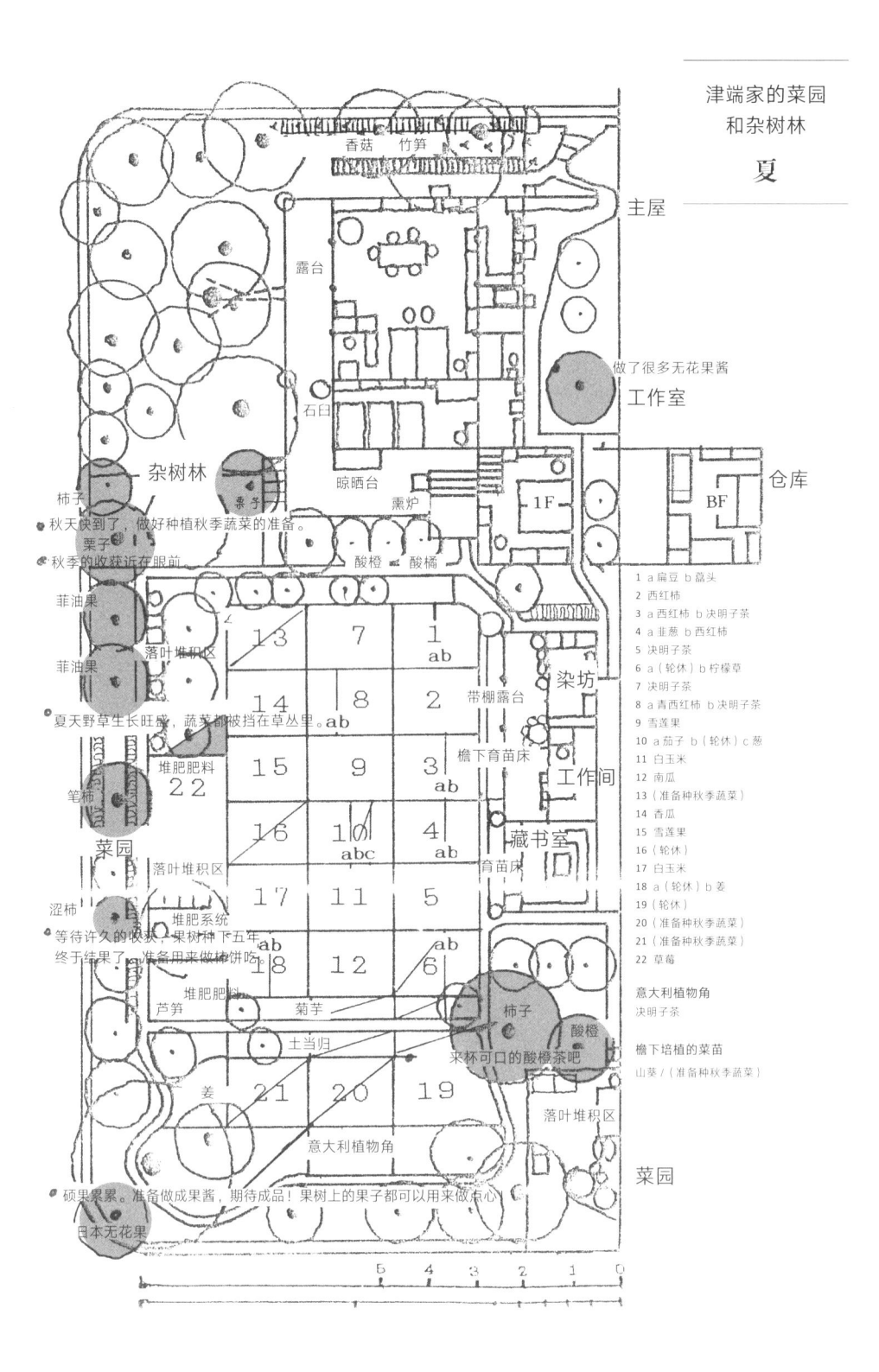

夏

主屋

香菇 竹笋

露台

石臼

工作室
做了很多无花果酱

晾晒台

熏炉

仓库

1F　BF

杂树林

柿子
- 秋天快到了，做好种植秋季蔬菜的准备。
栗子
- 秋季的收获近在眼前。

菲油果

菲油果
- 夏天野草生长旺盛，蔬菜都被挡在草丛里。

笔柿

菜园

涩柿
- 等待许久的收获，果树种下五年，终于结果了，准备用来做柿饼吃。

酸橙 酸橘

带棚露台

檐下育苗床

染坊

工作间

藏书室

育苗床

堆肥系统

堆肥肥料 22

落叶堆积区

芦笋 菊芋

土当归

姜 21 20 19

意大利植物角

柿子 酸橙
来杯可口的酸橙茶吧

菜园

- 硕果累累。准备做成果酱，期待成品！果树上的果子都可以用来做点心。

日本无花果

1 a 扁豆 b 藠头
2 西红柿
3 a 西红柿 b 决明子茶
4 a 韭葱 b 西红柿
5 决明子茶
6 a（轮休）b 柠檬草
7 决明子茶
8 a 青西红柿 b 决明子茶
9 雪莲果
10 a 茄子 b（轮休）c 葱
11 白玉米
12 南瓜
13 （准备种秋季蔬菜）
14 香瓜
15 雪莲果
16 （轮休）
17 白玉米
18 a（轮休）b 姜
19 （轮休）
20 （准备种秋季蔬菜）
21 （准备种秋季蔬菜）
22 草莓

意大利植物角
决明子茶

檐下培植的菜苗
山葵／（准备种秋季蔬菜）

人は、次の世代に役立つようにと、木を植える。　キケロ(BC106)

人类为造福下一代而植树育林。——西塞罗(BC106)

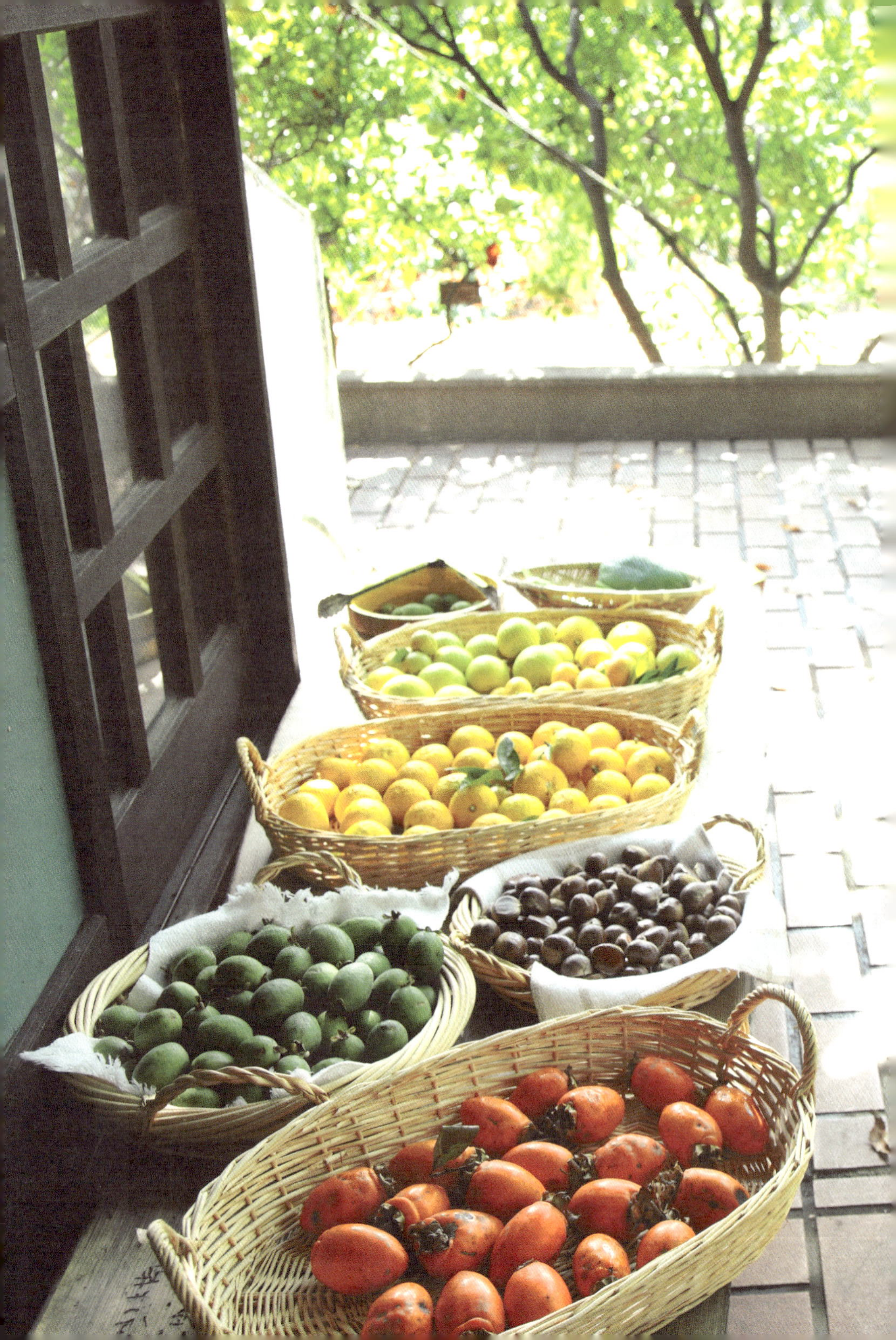

秋

满载美味的包裹

秋天是忙碌的季节,要开始准备越冬的食物,还要把落叶归拢到一处来做堆肥。庭前的柿子树、柚子树和菲油果树都已结出了累累果实。夫妻俩每年都把秋季的美味打进一个个包裹中,寄给翘首以待的家人、朋友,那些他们牵挂的人。

从四国地区的马路村移栽的柚子树。为了摘高处的柚子，修一先生还自己做了小工具，把捕虫用的细网绑在竹竿上接柚子。他把柚子摘下来，英子女士就用这个工具去接，不过似乎失误频频……

柚子熟了

英子女士说："今天摘柚子吧。"修一先生听了默默点点头，就去拾掇一会儿要用的工具了。夫妇俩很快去摘柚子了。

"修一你去摘，我在这儿接着。""好嘞。哎！快接！"

有时柚子掉下来差点砸到头，有时又骨碌碌滚出老远，只听他俩喊着："哎，小心！""快拦住，别让柚子滚远了。"时间在欢笑中流逝。

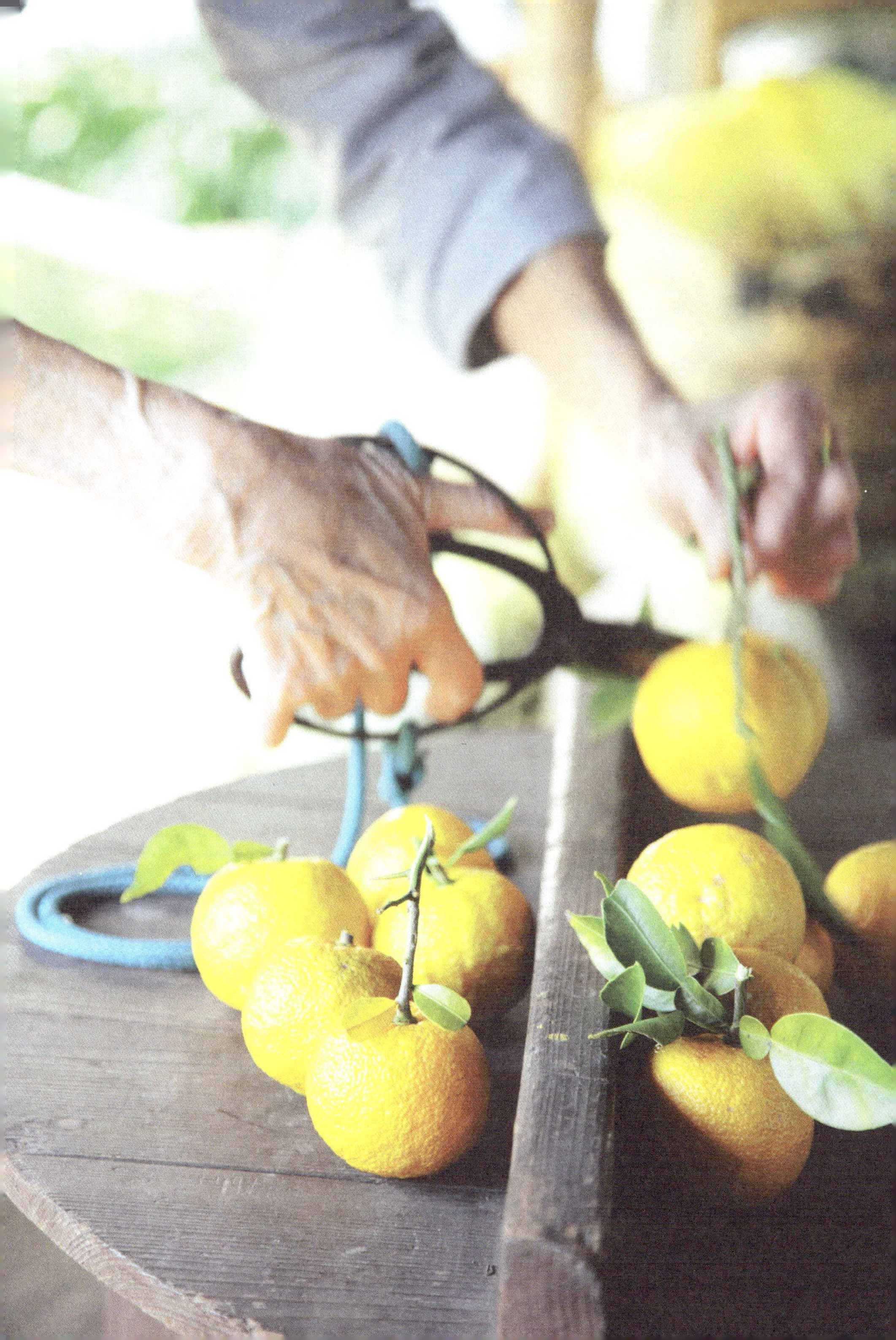

散步的乐趣

1		
2	3	4

1 "哎呀!小心!"差点撞到梅树枝时,抬头看见上面挂了个提示牌,写着:"小心!" 2 花子预订的竹笋。"今年长出了十一根,不知道明年长势如何。" 3、4 鲜艳的黄色提示牌在田地里十分醒目。每块牌子都是修一先生亲手制作的,用来提示哪块地里种了什么。

花子预订的。用来做挂面。

明年的草莓苗。

核桃。甜点食材,敬请期待!

102

盛夏时菜园里草木异常繁茂，到了妨碍人行动的地步。而随着秋意渐浓，恣意生长的植物们渐渐安静下来。除了满目蔬果草木，园子里还有修一先生亲手做的黄色提示牌。不少人路过园子的时候，都愿意仔细阅读牌子上的字，这也是津端夫妇招待客人的保留节目之一。

甜玉米。夏天的美味！

英子女士最喜欢的！原种铁线莲。

西红柿。桃太郎，生着吃的！

5
6
7

5 修一先生说："我家的玉米可好吃了。" 6、7 "这是英子喜欢的铁线莲。""这是修一喜欢的桃太郎西红柿。"夫妇两人相伴五十余年，对彼此的体贴关爱却从未变过。

103

"种下"大麦茶

"今年的收成不太好啊,不知道明年怎么样。"

修一先生先下地翻了土,英子女士又仔细犁了一遍田,这才把大麦种子播下,最后把修一先生早就准备好的落叶撒在土上,就像给种子盖了一层厚被子。在秋天播下种子,期待来年夏天的丰收。

> 修一，拿两袋左右的落叶来吧。

> 耕田。

> 大麦种子要播撒均匀。

英子女士干农活很麻利，技巧娴熟，又不拖拉。她在前面播种，老伴紧跟着在田里插上了黄色的提示牌。上面写着："花子最喜欢的大麦！"

> 小鸟会偷吃种子，所以要盖上一层落叶，这样它们从天上飞过时，就认不出这里有田地了。

秋季的美食包裹

把自家种的蔬菜、水果打包寄给亲朋好友,是津端夫妇生活中的一大乐趣。

英子女士说:"修一工作时,从没在中元节或年末讲究过送礼。我们更愿意和喜欢的人分享喜欢的东西。"

修一先生将美味的食材一一打包,放在手推车上。由英子女士推到附近的杂货店,寄走包裹。

1 连包装箱都极富设计感。在寄到的第一时间给收件人带去惊喜。2 包裹里有酸橙、栗子、菲油果等水果和手工制作的果酱。还有手绘的食用说明和写在木片上的亲笔信。

玫瑰果要放进去吗?

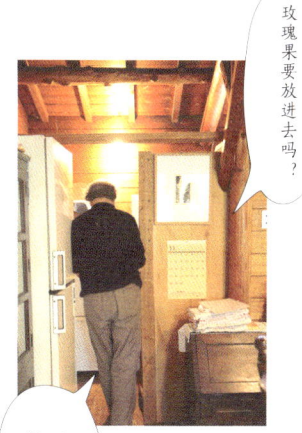

无花果酱要寄吗?

加上一封写在木片上的亲笔信

英子女士笑着说:"修一打的邮包整齐漂亮,我就没那么细心了。""这个要放进去吗?那个怎么弄?"修一先生边跟英子女士一一确认,边细致地打包。两人性格互补,相互依靠。

认真打包

107

前面的栗金团没放糖稀,后面的放了。"喜欢吃哪一种?""两种都好吃!"

栗金团

英子女士说:"正好是秋天,取一轮满月的意象,做了圆圆的栗子糕点。"从菜园里采下秋栗,煮熟捣烂,再在外面裹一层细砂糖和糖稀。做成的栗金团味道自然甘甜,吃了一个忍不住还想再来一个,停不下嘴。

清空冰箱，制作果酱

在丰收的时节里，英子女士忙着清空冰箱，存放新食物，顺手用以前的存货做些果酱。今天准备做柚子酱："先去皮，在柚子上撒糖，放进锅里煮。柚子籽榨干水分后，也放进去煮。"这款柚子酱深受欢迎。

准备过冬

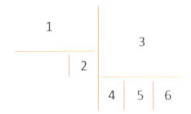

1、4、5 窗外的苇帘被换下，拉窗重新糊上白纸。津端夫妇每年通常都在这个时候裱糊拉窗。**2** 在新宿的伊势丹商场购买的 Dansk 厨具，已经用了三十六年。**3** 穿着羊毛衫的英子女士。夫妻俩几乎从不穿化纤类衣物。**6** 女儿送给老两口的煤气取暖炉。津端夫妇用了很多年，一直很喜欢。今年又把它从储藏室中取出来继续用。

穿林而过的秋风渐带凉意，夫妇二人开始更换家中的起居用品，为即将到来的冬天做准备。

橱柜里摆放的玻璃器皿换成了稳重而温润的陶器，床单、靠垫套则从棉麻布换成了蓬松柔软的毛织品。整间居室更显温暖舒适，老两口可以安心度过整个冬天。

从高高的东窗射入的晨光不知不觉落下，时间一晃就过去了。

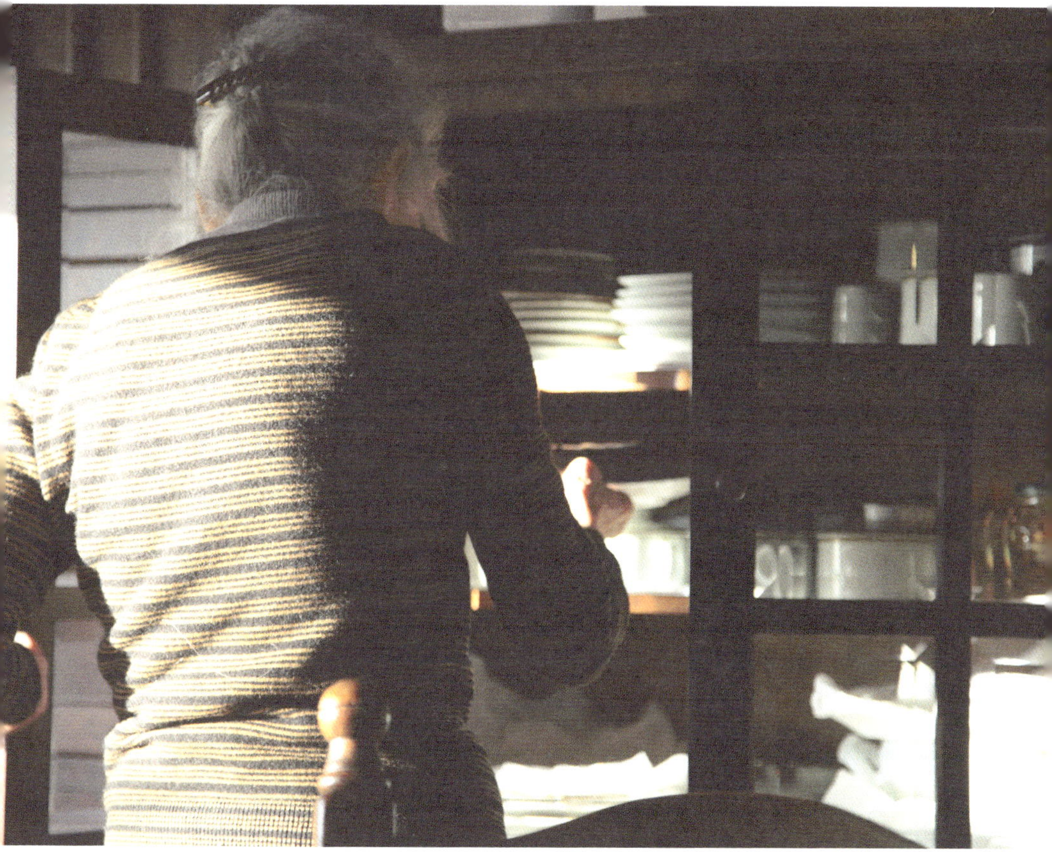

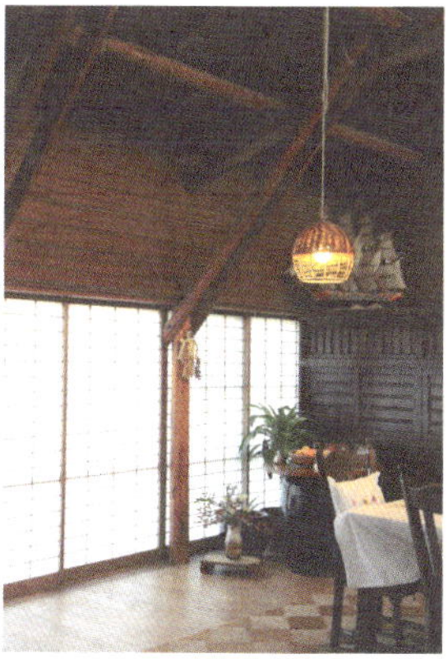

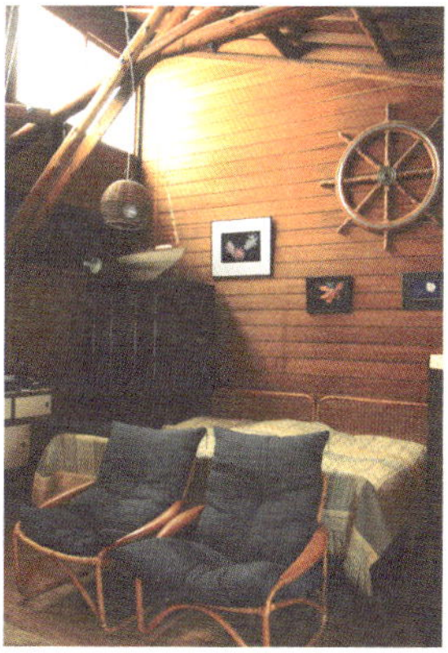

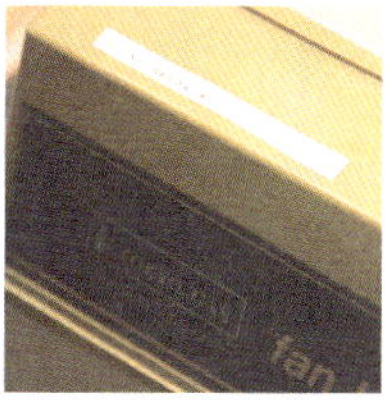
fan

清炖牛肉、蒸菜、木瓜沙拉、佃煮等菜品。吃蒸菜时加一点橄榄油,再淋上酸橙汁,味道会更好。

秋天的馈赠

英子女士的菜有让人怀念的家的味道,而且她还在不断尝试新菜品。

"刚摘了木瓜,所以试着做了木瓜沙拉。味道如何?"

充满异域风味的美食让人回味无穷,炖得烂熟的牛肉是滋补暖身的佳肴。

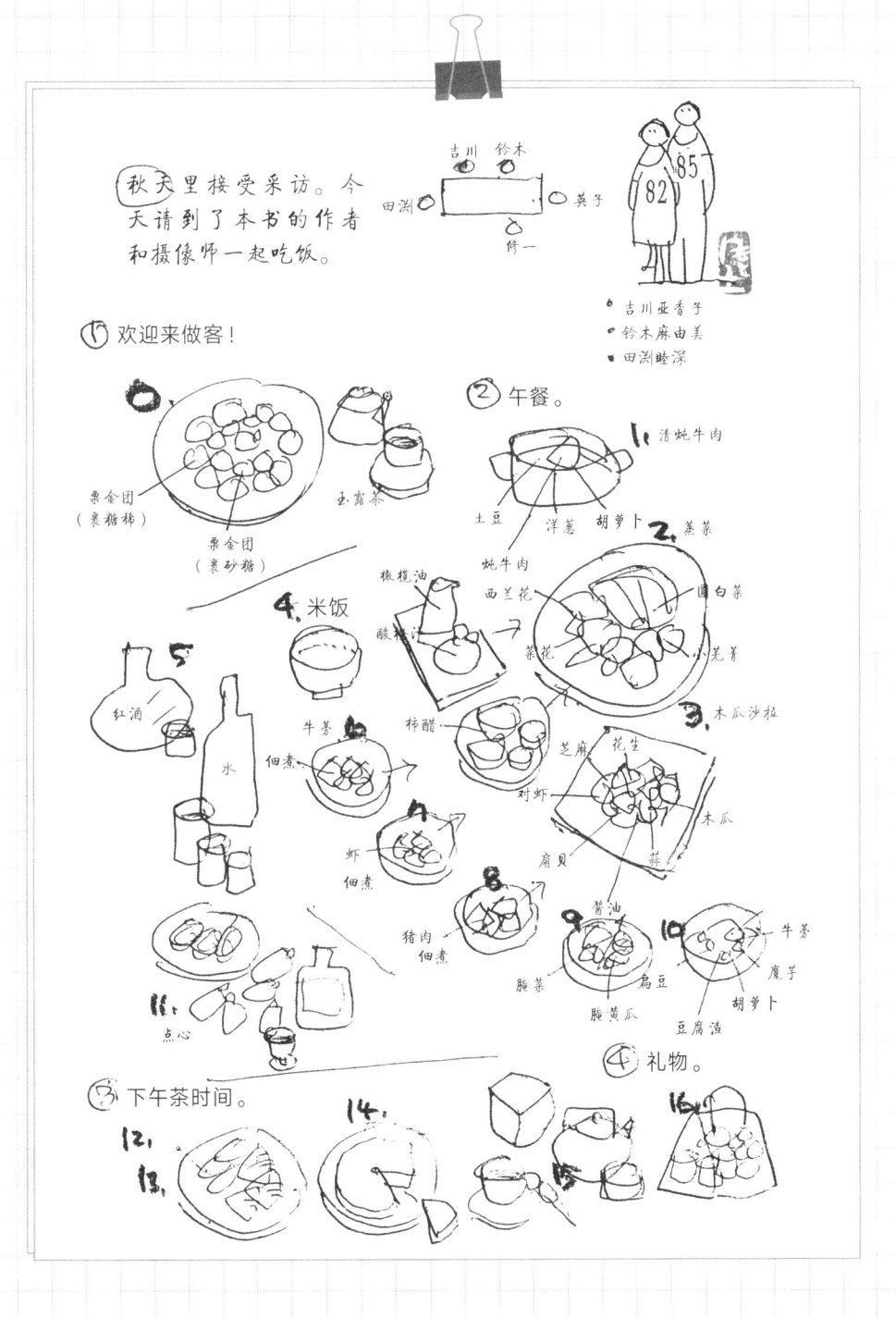

修一先生的手绘　秋日的大餐

修一先生的整理经

"培养注意力最关键的出发点就是学会整理。"（犬养道子《幸福的现实主义》）这是修一先生最喜欢的名言。

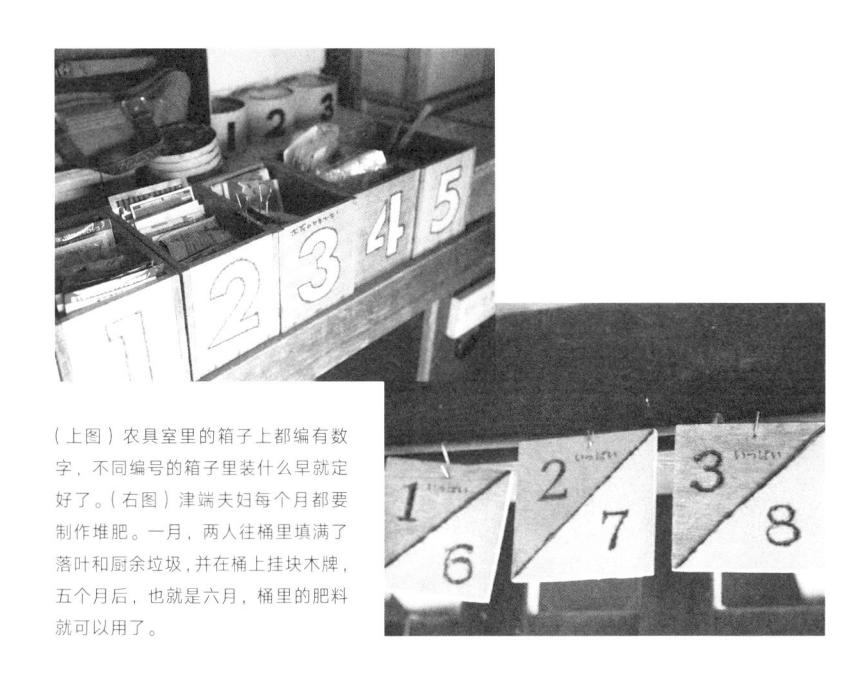

（上图）农具室里的箱子上都编有数字，不同编号的箱子里装什么早就定好了。（右图）津端夫妇每个月都要制作堆肥。一月，两人往桶里填满了落叶和厨余垃圾，并在桶上挂块木牌，五个月后，也就是六月，桶里的肥料就可以用了。

充分运用数字

无论何时到津端家做客，都会发现家里收拾得整洁利落，这是因为修一先生担起了整理屋子的重任。谈及自己的整理经，他说："我做这些时，最基本的原则就是尽量保证整理工序简单、易懂、好上手。我用心设计了工序和方法，不管由谁接手，都能轻松搞定。"

方法之一是充分运用数字，有心人一眼就能看懂。

"如果告诉对方'在装着某某的箱子里，从那个那个的上面拿出那什么……'，对方一定听得一头雾水。可如果换种方式，告诉他"从一号箱子取出某某"，对方应该马上就能领会了。

收拾东西的时候也一样。用数字编号虽是个小技巧，在整理时却能发挥大作用。

木杵

（下图）普通的圆桶喷上漆后更显美观大方。油漆罐也按顺序摆好。摆放器具时，稍下点工夫，就会呈现出相当不错的效果。（左图）捣年糕的木杵。随手一放也像好好收拾过一样，这就是修一先生的整理魔法。

桶和罐子都喷上漆

同一样式的物品排在一起

书房、农具室、藏书室……只要是修一先生能插手的地方（换句话说，是除了英子女士的神圣领地厨房以外），所有东西都按色彩、大小分类，有序地排列在一起。

按颜色样式分类摆放物品，不仅看上去整洁，整理起来也方便。修一先生说："无论瓶子、罐子、桶，还是其他东西，把同样颜色、同样形状的摆在一起，就像小伙伴们欢乐地聚在了一起，感觉特别好。"这种欢乐的氛围，是生活中十分重要的元素。

统一物品的颜色和样式并不增加花销，文件收纳架和记录各项事宜的笔记本都是从文具店和生活用品店买的大路货。

"最近常常是打电话订一批文具，让店家直接送货上门。"

> 这里是藏书室。

参观完农具室，再来看看修一先生的藏书室。书和文件整齐排列在简单又结实的书架上，给人统一利落的美感。有些地方还会放一块木制的提示牌，别有意趣。

  经常光顾的商店赠送的纸袋、喝完咖啡剩下的咖啡罐……这些瓶瓶罐罐和收纳盒子等杂物都是夫妇俩平日一点点收集起来的。如果物品的颜色、花纹比较扎眼，摆在一起不大协调，修一先生就把它们漆成统一的颜色。为了美观，他有时把大小一致的物品一字排开，有时则把大小不一的物品按个头排列。

  对老先生来说，整理家居既不无趣，也不是包袱。正如他自己所说："它充满了乐趣。"

  "在我家，整理房间绝不是无聊的家务。去看，去感受，这才是最重要的。"

纸袋的用法也各不相同

（上图、左上图）农具室的天花板上吊着纸袋，存放着风干的月桂和肉桂等食材。（左图）提示牌上写着落叶、稻壳、腐叶土、熏炭和"某某送"等字样。

提示牌让生活更简单

津端家独有的黄色提示牌不仅在菜园里派得上用场，家里也随处可见。精心制作的木牌上是修一先生独有的笔迹，写着"这块地种了什么""那里放了些什么"等内容，让家中一应事物看上去更加清楚明白。

以前，修一先生会无意中拔了妻子种下的幼苗，或者不小心扔了她珍爱的东西，引得英子女士抱怨道："修一，你又捣乱！我好不容易在这儿种了一片草。"修一先生解释说："为了不再犯同样的错误，我特意做了提示牌，这也是给自己的提示。"这些提示牌让英子女士少了一桩担心事。

"这个袋子里装的什么来着？"为了避免这种情况发生，夫妇俩一定会在袋子上标记里面装的东西，有时还会在上面附上可爱的插画。原本平淡无奇的纸袋，因为这些图画变得极富趣味。

插画的乐趣

修一先生身材高挑，英子女士在他身旁显得小鸟依人。津端家随处可见绘有两人形象的小插画，让人忍俊不禁。

除了用文字记录下生活的点滴，修一先生还不时在其间穿插些小画作。这些可爱的图画会出现在宴请和晚餐的记录里，以及偶尔写上两笔的日记里。

他说："留下记录，是为了温故而知新，总结过去的经验，为明天的新工作做好准备。在记录里添上些插画，回首过去时会更有乐趣吧。"

画出自己的生活供日后回首，老先生一直用这种方式整理思绪、沉淀心灵。

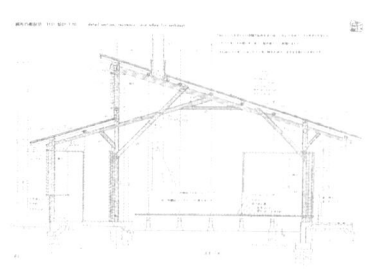

建筑大师安托宁·雷蒙德的家宅剖面图。修一先生非常敬爱他，深深陶醉于这座建筑的空间感和横梁结构，并在自己家中重现了这一设计。

房间陈设随季节而变

布置房间也是收拾居室的一部分。津端家每年固定在夏冬两季前重新布置家居，平时如果想到什么方便生活的好点子也会马上实践，动手改变居室陈设。

由于房子是一居室，也做不了换家具之类太大胆的改变。夫妇二人通常都是换换床单被罩、靠垫座套等，借这些小物件营造出季节感，或是变动饭桌的朝向、给立式火盆换个位置。前几天夫妇俩把工作室的书架搬去了藏书室，把以前贴墙放的织布机挪到了屋子正中间，这样就比以前更方便了。

房间布局一般都是由修一先生构思，英子女士总是予以支持。有时重新布置一次要花上好几天，很是辛苦，但是布置完的房间确实比

随心情改变饭桌的朝向和位置。饭桌长两米，宽九十厘米。这个大家伙在房间里存在感最强，仅仅是变一下位置，都能给居室换一个新面貌。

日历牌上也有变化

看，修一先生在日历牌上画的小插画！老人家也有颗童心。

洗脸池。往里走是浴室和厕所。这座房子原本是用来做工作室的，所以非常朴素，没有设计换衣间。

图为增建的仓库二楼。东西各开了一扇窗,室内通风良好。这间是为二女儿准备的卧室。床铺收拾得干净利落,随时都能入住。

之前更方便,让人非常有成就感。

修一先生说:"有了想法就要付诸行动。我家虽然小,家务却是越做越多。很多人都觉得年纪大了应该尽可能让生活简单、舒适,可我认为如果家里总是一成不变,留下的回忆就会变少。"

改变布局让两位老人注意到房间的角角落落,分出更多心思给这个家,想办法改善生活中的不便之处。为房间改头换面一次,他们拥有的家庭回忆便多一分,对家的依恋也深一分。

"我的船长室(书房)虽然不大,但我也会不时变动一下小物件的位置,保持一种新鲜感。到了夏天,我就把书桌搬到窗边,能享受树荫下的清凉,还有小风从窗户吹进来。"

从娘家带来的家具

(左图)这口长柜曾属于英子女士的母亲,原本放在半田老家,分家时给了英子女士。(左下图)这座立式火盆也是半田老家的物件,过了这么多年还是老样子。火盆上放一块圆形桌板,就能变成小桌子。(右下图)桑木茶柜。英子女士出嫁时母亲送给她的嫁妆。

这些都是半田老家的东西,数不清用了多少年啦。别人觉得用不上,就都送到我这里来了。

修一先生站在帆船模型前，说："我可是这艘船的船长哦。"拍照时，我们请他在自己常穿的船员制服上别了船长的肩章。

帆船运动中练就的技能

修一先生说："'一个海员最基本的技能是打好绳结。'我第一次听到这句话是六十年前。现在这个技巧已经完全融入到我的生活里，让每一天更加充实。"他曾经把生丝和毛线吊在英子女士工作室的天花板上，丝线垂到英子女士的手边，让她伸手就能够到。

晾衣服也由修一先生负责。逢下雨天，就拉条绳子，把洗好的衣物挂在工作室里。修一先生干这些活儿的速度惊人，一眨眼的工夫就收拾利索了。

需要全年保存的决明子茶、月桂和肉桂等干货都被修一先生用绳子挂在农具室中间，以保证充足的阳光照射。

"做培根时也用得上打绳结的技巧，我可以用绳子轻松调整培根在

塔希提岛巡游

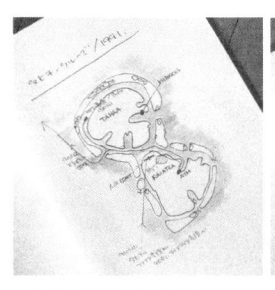

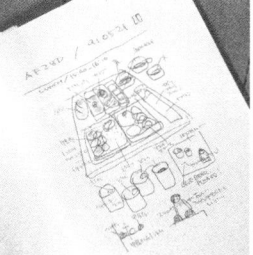

一九九一年和一九九二年塔希提岛巡游时的手记至今依然保存完好，记录着走了哪条航线、吃了什么饭、一起出海的同伴名字等内容。

白色的地球仪上画着修一先生航行过的线路。一条条标记从日本出发，连向世界各地，十分醒目。

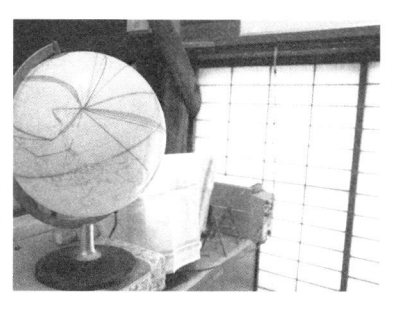

今后的梦想

熏炉里的位置。这些帆船运动中培养的技能，在日常生活中能派上大用场。"

帆船运动不仅教会了修一先生打绳结等技巧，在海上驰骋时发现的趣事，也大大拓宽了他的人生，影响持续至今。

修一先生的梦想之一，是编一本日语、法语、塔希提语的三语对照词典。图为老人的手稿。他说："要是有一本词典，我想会方便许多。"

125

无花果酱

每年梅雨结束后,就到了无花果树开花结果的时候。无花果没什么味道,但可以拿来做果酱。采下那些还比较硬的果子,剥皮后冷冻保存。凑够一定量后,全部放入砂锅里,均匀撒上细砂糖和甜菜糖,将无花果盖住。接着用温火煮上半天。快煮熟时,放入月桂、柠檬(可以用酸橙、柚子、代代橙代替),最后倒入泡山莓用的葡萄酒醋。这样做出来的无花果酱红艳好看。

甜梅子

以前每逢春末夏初新梅结果时,英子女士的母亲就用腌制多年的梅干给大家做甜梅子吃。所以每年此时,记忆中的味道都会再次浮现,勾起胃里的馋虫。做甜梅子,首先要把梅干泡两到三天,只留下少许酸味。然后把甜菜糖和梅干都放入锅中,倒入清水,水量刚刚没过梅子即可。开火煮梅子,把握好火候,煮到微甜带酸。出锅后装入带盖子的瓷器中,放进冰箱里保存。

蜜饯梅子

用做梅子酒的烧酒腌泡青梅。到十月左右,将腌好的梅子装瓶,再往瓶中倒入足量蜂蜜,完全没过梅子,然后直接放进冰箱中储存。煮饭时,清甜的蜜饯梅子可以代替砂糖和甜料酒。

栗金团

先把树上掉落的栗子放进冰箱冷藏一阵。煮栗子，差不多时用勺子挖出栗肉，加入适量细砂糖后捣碎拌匀。然后在上面盖一层铝箔纸，放进一百度的烤箱中加热，待砂糖融化后取出。最后用纱布裹住好捏出形状。

柚子酱

先给柚子去皮，用榨汁机把果肉榨成汁。再把柚子皮切成薄片，下锅煮至沸腾。将柚皮放在清水里泡一晚上，去除苦味。第二天放入砂锅中煮至柚皮变软，加入榨好的柚子汁和细砂糖。继续煮，直到锅中汤汁被煮光。

津端家的菜园
和杂树林

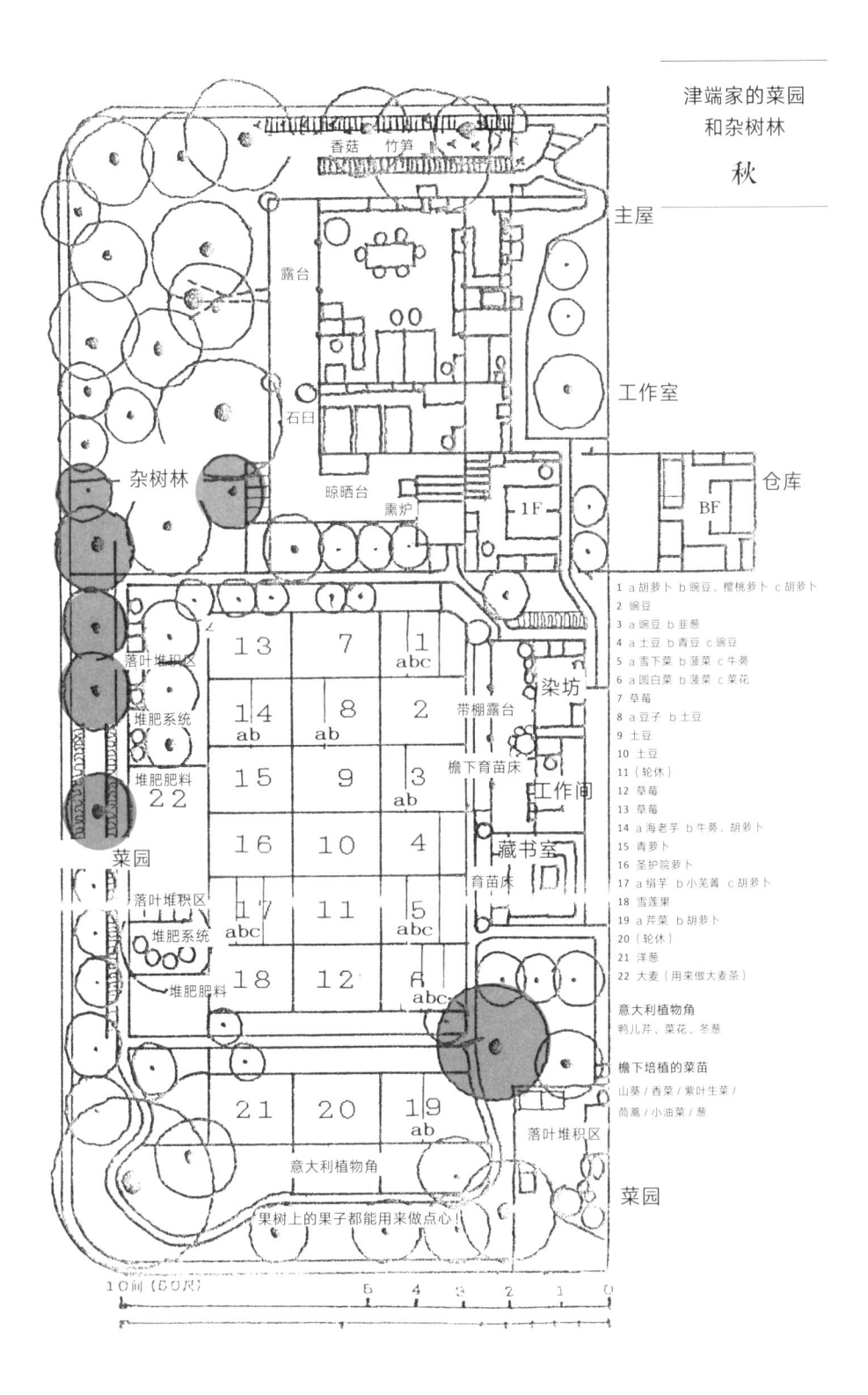

秋

主屋

工作室

仓库

香菇　竹笋

露台

杂树林

石臼

晾晒台

熏炉

染坊

工作间

藏书室

育苗床

落叶堆积区

堆肥系统

堆肥肥料

菜园

落叶堆积区

堆肥系统

堆肥肥料

带棚露台

檐下育苗床

1　a 胡萝卜 b 豌豆，樱桃萝卜 c 胡萝卜
2　豌豆
3　a 豌豆 b 韭葱
4　a 土豆 b 青豆 c 豌豆
5　a 雪下菜 b 菠菜 c 牛蒡
6　a 圆白菜 b 菠菜 c 菜花
7　草莓
8　a 豆子 b 土豆
9　土豆
10　土豆
11　（轮休）
12　草莓
13　草莓
14　a 海老芋 b 牛蒡，胡萝卜
15　青萝卜
16　圣护院萝卜
17　a 绢芋 b 小芜菁 c 胡萝卜
18　雪莲果
19　a 芹菜 b 胡萝卜
20　（轮休）
21　洋葱
22　大麦（用来做大麦茶）

意大利植物角
鸭儿芹、菜花、冬葱

檐下培植的菜苗
山葵 / 香菜 / 紫叶生菜 /
茼蒿 / 小油菜 / 葱

落叶堆积区

意大利植物角

菜园

果树上的果子都能用来做点心！

10间（60尺）

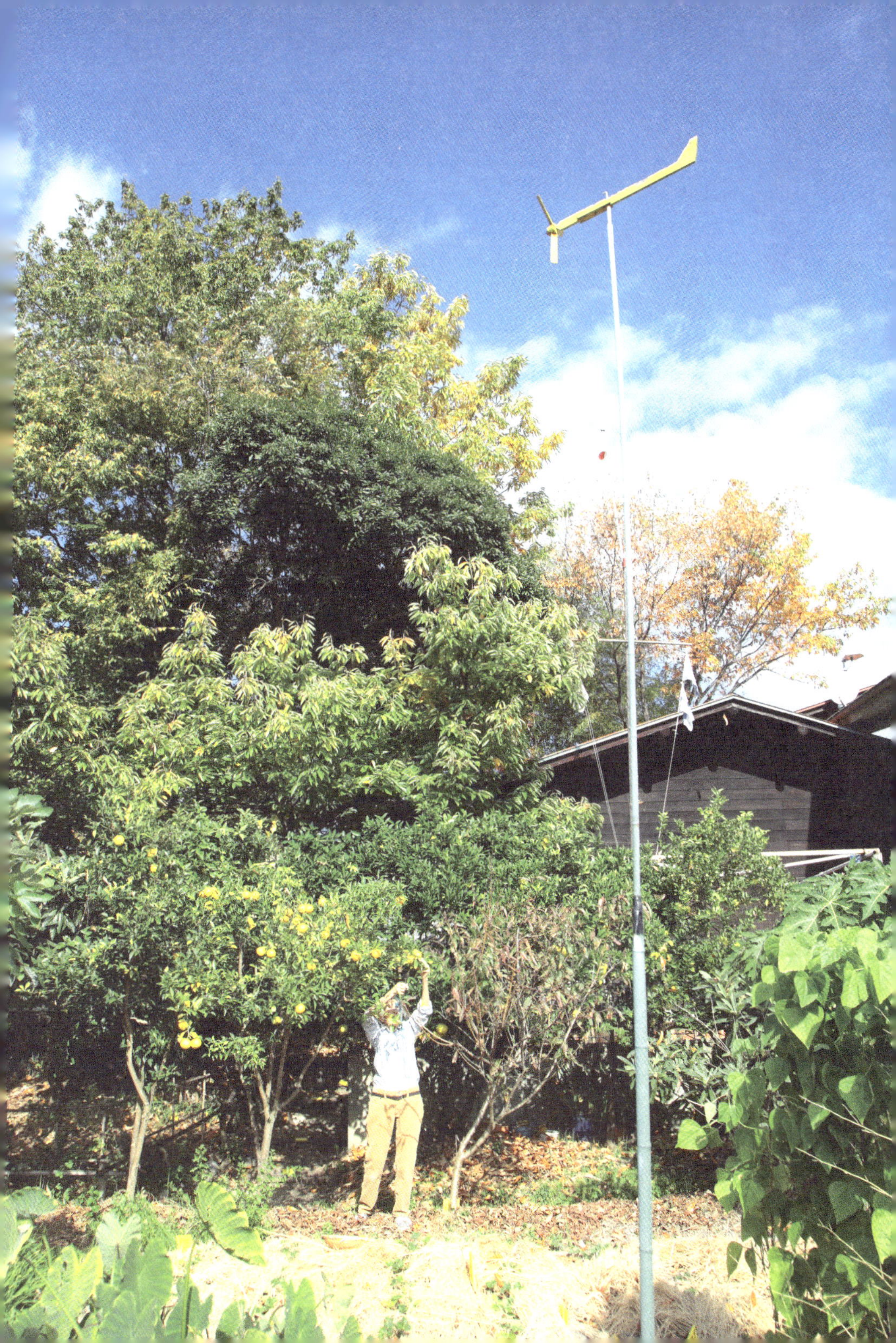

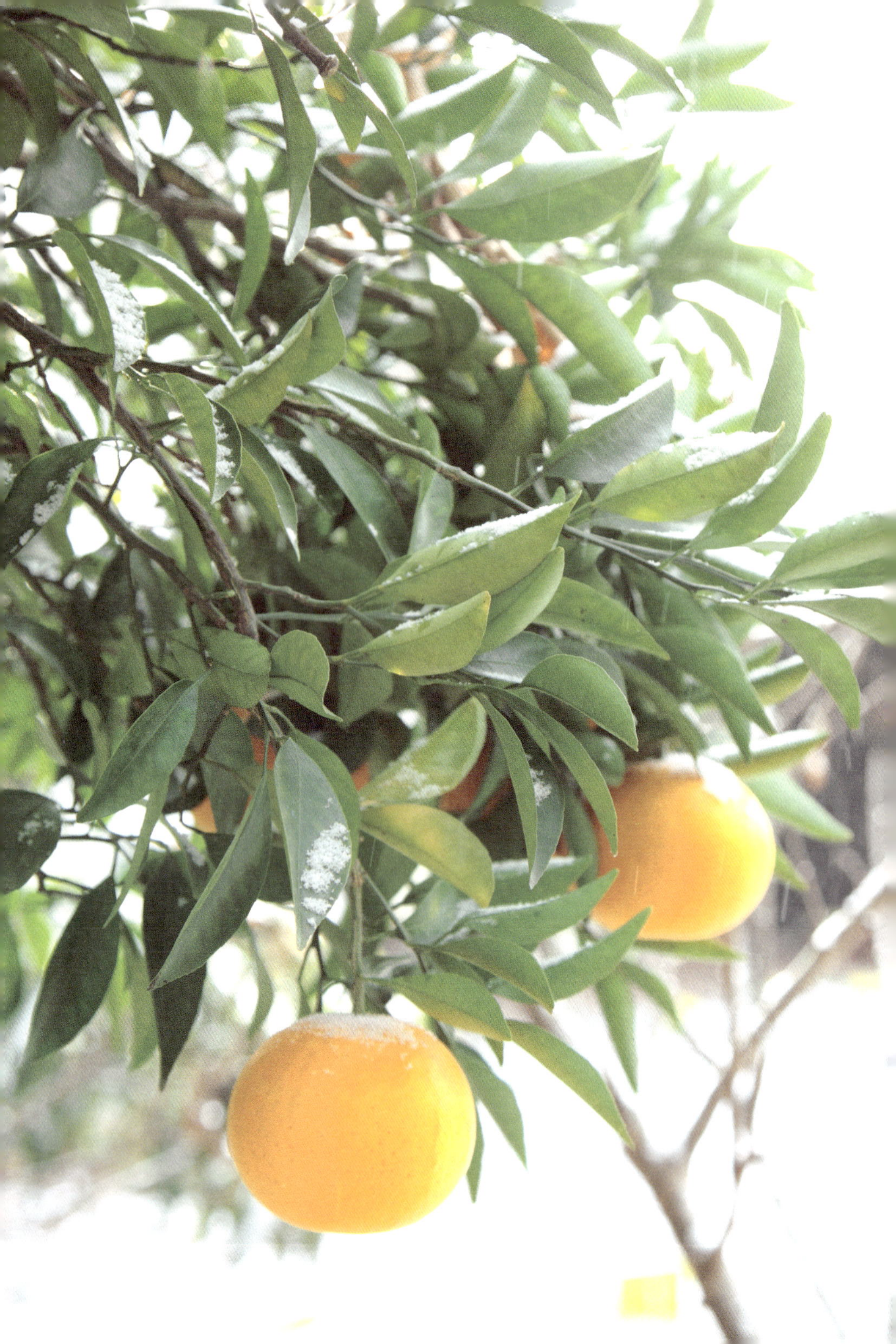

冬

落叶与天空的恩惠

高藏寺的严冬一日冷过一日。但津端夫妇在这个寒冷的时节，并非无事可做。两位老人要把落叶铺满田地，保证地表温度可以让作物在来年春天发芽，还要忙着做饭、做些手工和一些修修补补的零活。

经过暴晒,营养丰富的萝卜干。洗净后和高汤一起煮,再倒上点酱油,爽口极了!"晒干的萝卜格外甜。"

阳光与干燥的空气

1	2
3	4

1、3、4 把圣护院萝卜切成三毫米宽的片（1）。铺在筛子上晒（3），洗干净手，每天翻动两到三回晒两天，萝卜干就做好了（4）。2 把萝卜叶也晒干，泡澡的时候用得上。"感觉对身体挺好的。"

> 前两天没下雪，哗哗地下了场雨。所以萝卜的水分特别足。

风和日丽的一天。"哎呀，今儿可是晒萝卜的好天气。"英子女士一有想法就马上行动，从菜园里拔了圆滚滚的圣护院萝卜。"这种萝卜比普通的品种甜，放在味噌汤里煮着吃或者拿来做炖菜，味道都很好。"

133

柚饼子

做"柚饼子"用的是庭院里的日本柚子树。英子女士说:"这棵树三十多年前移植到这里,每年都结很多果。这些柚子小巧可爱,正好拿来做柚饼子。"她还特意把自家菜园种的花生碾碎了混入柚饼子里,别有一番风味。

柚饼子可以配茶点,也可以当下酒菜。掏出来的柚子肉,可以榨成汁做果酱。

◎制作方法：

选六十个柚子，掏空果肉。准备出八丁味噌酱、曲味噌、白味噌各七百克，面粉一百克，甜菜糖七百克，碾碎的核桃、花生各一百克，黄白芝麻八十克，混合后倒入每个柚子中，差不多装一半即可。接着蒸三个小时。出锅后用布盖住，晒三天。再用和纸包起来捏出形状。最后放在屋外风干一个月。

柚饼子的制作过程

要这样风干一整月

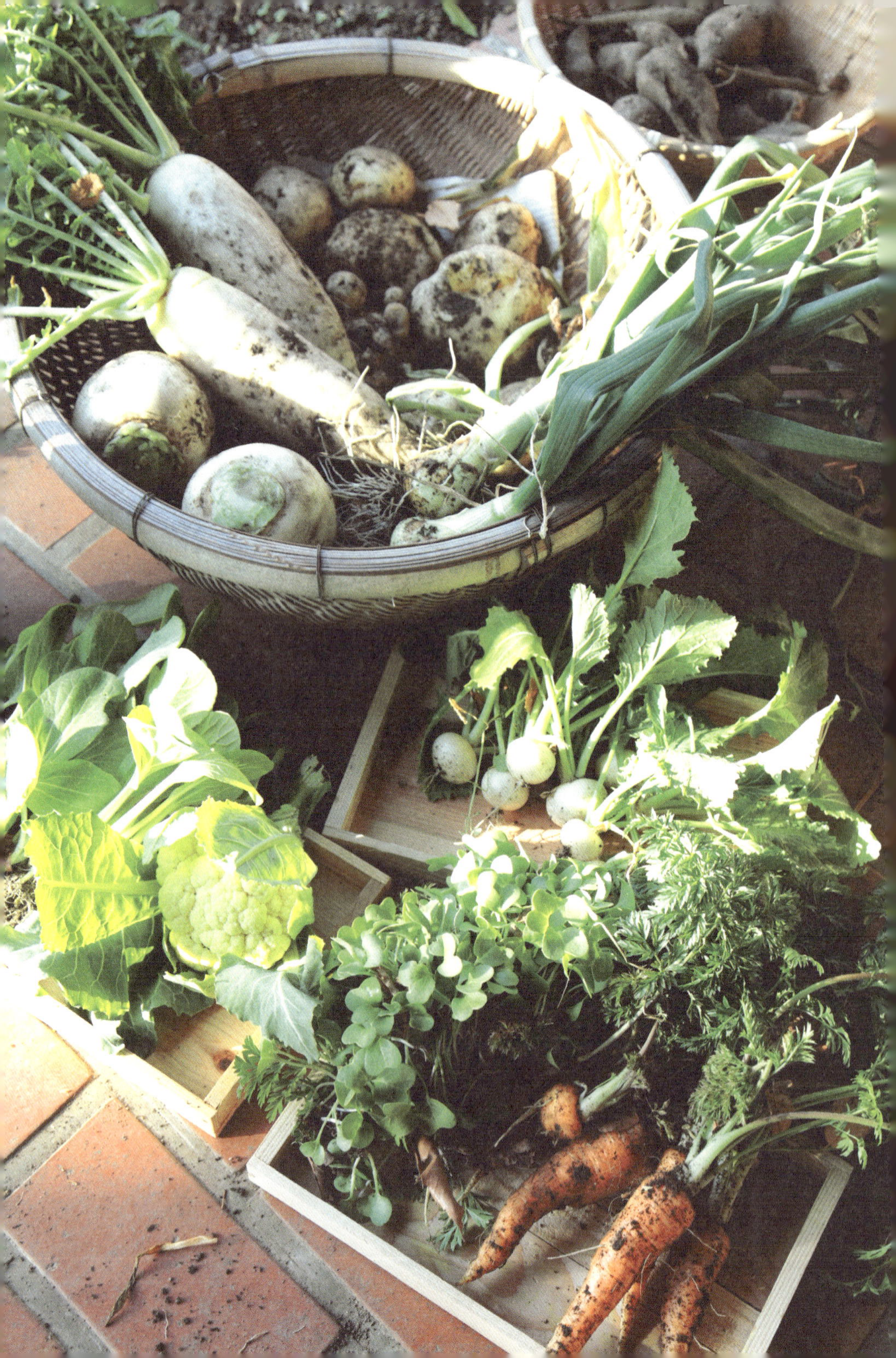

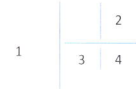

1 今天的收获。2、4 冬季的菜园。落叶铺满田地,保护着蔬菜不受严霜侵袭。"冬天里没什么农活。要等到二月末,土地回暖,各种作物才会发芽。到时候又要开始忙活了,所以得趁现在把手工活都做完。" 3 挖出来的土豆放在报纸上晒干后,放进农具室储存。

冬季的收获

冬天的菜园出产萝卜、小芫菁、土豆、胡萝卜、洋葱和田垄间种的各种青菜。

"土豆晒干后放在阴凉处,能存放很久。""青菜经了霜味道会更甜,这批菜估计味道不错。"

土豆可以拿来炸薯饼,田垄间的青菜可以跟芝麻或碎花生一起做凉拌小菜。在蔬菜并不丰富的冬季,这些小菜是餐桌上必不可少的。

137

看您老是在忙着干活儿啊。

待着不干活儿会冷啊。

哐哐

修一先生眼里有活儿，总是忙忙碌碌的，家里和菜园各处的维护都是他的工作，为了更方便老伴干农活，他还做了些小设计。虽然年事已高，打绳结的技术却毫无退步，还能攀着梯子上房顶，这都得益于在帆船运动中锻炼的本领。

英子的「围裙」

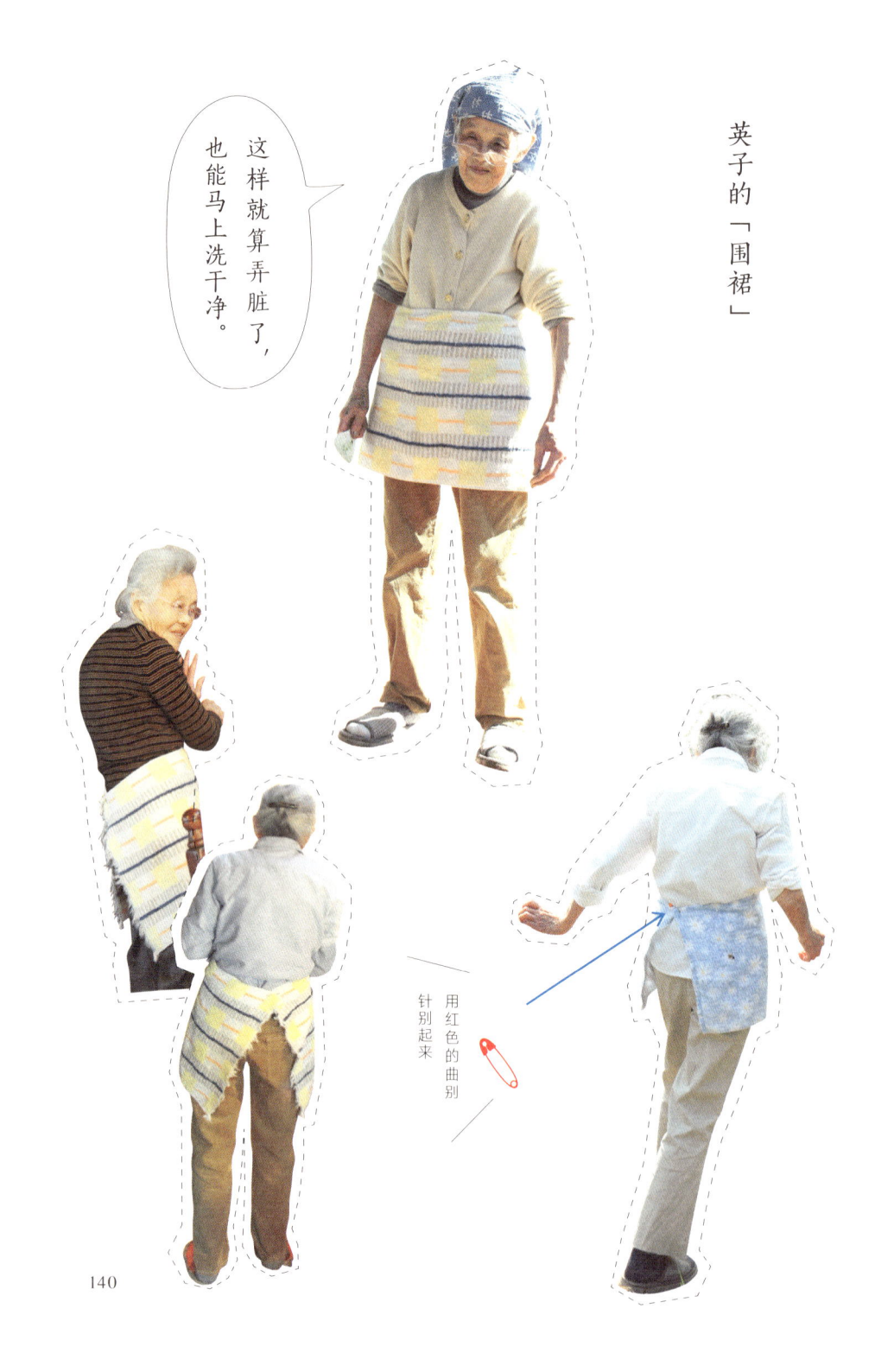

这样就算弄脏了，也能马上洗干净。

用红色的曲别针别起来

这没什么好拍的吧

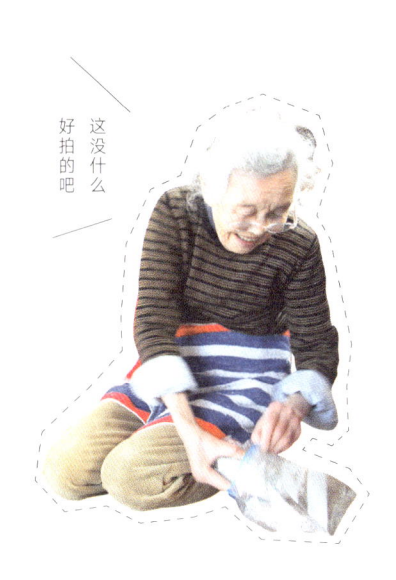

对家庭主妇来说，围裙在做家务时是必不可少的。洗衣服时能挡住溅出来的水花，做饭时能用来擦手。不过英子女士的围裙非常简易，一般就是在腰间围条大毛巾，用曲别针固定在身后。

我们为她照相时，她有点害羞地说："只是拿手边的毛巾随便一围。"其实正是这份随意，才给人一种难以言喻的美。

141

修一先生的最爱

帕马森干酪咸饼干

◎ 制作方法：

将一百克蛋糕粉、半勺泡打粉和少许胡椒粉混合，用筛子摇匀后放入大号碗中。再倒入二十克黄油和三十克碾成粉状的帕马森干酪。将这些材料搅拌至干糊状。然后加入五十毫升水、少许盐，揉成面团，放进冰箱醒三十分钟。面团发好后，擀成两毫米薄厚的面饼，用模具压出饼干胚，再用叉子在饼干胚上扎出气孔。最后把饼干胚送入烤箱，一百八十度的温度下烘烤十五分钟。注意，不要烤得太久，饼干会焦糊变苦。

> 修一特别擅长做这个，从这次开始，用模具压饼干胚的任务就交给他了。反正我干活儿比较粗手笨脚嘛，哈哈。

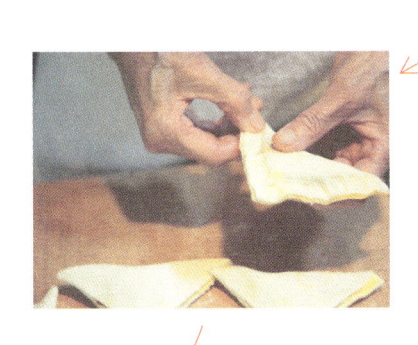

肉馅派

肉馅派是肉食主义者修一先生的最爱。准备好面饼,把煮熟后冻起来的肉馅包在面饼里。做好后留出一部分给修一先生,剩下的寄给女儿、外孙女和各地的朋友。

*制作方法见一百五十四页

143

英子女士说："我的老家知多半岛用虾虎鱼汤汁做杂煮，味道比鲣鱼汤更清淡。在鱼糕和年节菜里加一些，做法简单，但味道很好。"今天的主菜是烤全鸡。鸡肚子里填了肝、甘栗和玉米等配料。鸡肉上再淋些自制的果酱，可以吃啦。

冬天的馈赠

"一月份先是过新年，三号又是修一的生日，每天都在吃大餐。"今天是一月十一日，有客人上门。"真是有点吃不动了……"夫妇俩感慨着摆上了堪称豪华的料理，有烤全鸡、水果沙拉、年节菜和杂煮。

修一先生的手绘　冬日的大餐

这次采访在 冬天，今早的气温是零下二度，是今年最冷的一天。

吉川　铃木
田渊　　　英子
　　修一

- 吉川亚香子
- 铃木麻由美
- 田渊睦深

① 请用茶。

1. 玉露茶
   虎屋的羊羹　巧克力
2. 水果沙拉
   芒果　紫叶生菜　盐
3. 意大利红酒 DON2006
   拉菲纳纳葡萄酒
4. 苹果　草姜果醋　柠檬
   无花果酱　柚子酱　果醋菠萝
   （抹在面包和司康饼上吃）
5. 葱姑片　土豆片
6.
7.
8. 正月里的年节菜
   胡萝卜　醋藕　黑豆
9. 决明子茶

② 午餐。

2. 烧鸡（纪伊国屋）
   糖炒栗子　玉米　肝
3. 法式面包
   芝士饼干　西红柿　桃　司康饼
   果汁
4.
6. 正月里的年节菜（1）
   茼蒿
7. 菊花饼
8. 正月里的年节菜
   脆萝卜　玉子烧　墨鱼　昆布　章鱼　梅干

③ 茶点时间。

10.
11. 柠檬蛋糕
12.
    巧克力蛋糕

④ 欢迎再来！

英子和修一

英子女士和「精致生活」

家中四处装点着庭院里采的鲜花。连厕所也放了一簇雪花莲。
"有了花朵的点缀,心情也会变得平和宁静。"

今晚选择喝咖啡。"修一啊,喝了咖啡晚上竟然会睡不着,太有意思了。""英子也睡过懒觉,睡得那叫一个香啊,哈哈。"

闲不下来的人

英子女士能从早上起床一直忙到晚上睡觉,只在三餐、午休和下午茶的时候歇一歇。

哪怕是晚饭后看电视的时候,她也不闲着,还要趁着广告做些针线活,每天都过得忙碌充实,从不荒废时间。

"我大概就是这种闲不下来的性格吧。"

想过舒适的现代生活并不难,英子女士却选择了一种更加费力的生活方式。虽然每天都有很多家务活要做,但她从不慌乱,总是悠然自若、有条不紊,这源于她内心深处对日常生活的满足。

把菜园里采来的蘑菇和胡萝卜做成干菜。"在厨房忙活时,得空就干一点,所以也不觉得累。"两天后蔬菜脱去水分,可以拿来拌红小豆糯米饭吃,煮东西时也可以放一些进去。

做饭的间隙

"勤做家务能活动手脚,对身体也好。别看我年纪大了,可是还能一觉睡到天亮,因为白天一直在活动。"

英子女士的身体在婚后变得硬朗起来,从来没有病到卧床不起。这也是老人一直引以为傲的一件事。

"就算感冒发烧,也不能不做饭啊。女人啊,其实是很坚强的,就算真病倒了,到了该准备饭菜的时候,也得撑着起来。我当初结婚时就想着:男主外女主内,既然男人在外挣钱养家,我就得认真做好自己分内的事。"

说着轻松,其实能坚持做好一日三餐就已经很不容易了。不过英

英子女士拜托表妹用原毛纺了毛线，用来织围巾。织布机一天只用一小时。

英子女士的织布机。天花板上是修一先生用打绳结的技巧捆吊的丝线。

子女士早就习以为常，除了每日饭菜、冷冻食品和点心，刺绣、编织等手工活她也得心应手。究竟怎样才能做到如此完美呢？

"当你想把生活过精细的时候，它就会变成无数个细小的片段。其实，生活就是由每一天的琐碎小事组成的。"

早上用砂锅焖米饭的时候，英子女士会麻利地收拾出蔬菜，留着做冷冻食品。煮果酱时，她也充分利用时间，把做点心用的面和好。

"我基本是在厨房忙活的时候，抽时间把其他活儿干了。因为都是顺手做的，也没有'可算忙完了'的感觉。"

原来这就是英子女士的秘诀。无论做什么，非要一气干完的活儿，

149

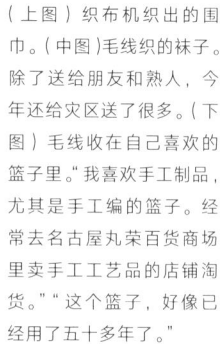

（上图）织布机织出的围巾。（中图）毛线织的袜子。除了送给朋友和熟人，今年还给灾区送了很多。（下图）毛线收在自己喜欢的篮子里。"我喜欢手工制品，尤其是手工编的篮子。经常去名古屋丸荣百货商场里卖手工工艺品的店铺淘货。""这个篮子，好像已经用了五十多年了。"

羊毛织的围巾和袜子

150

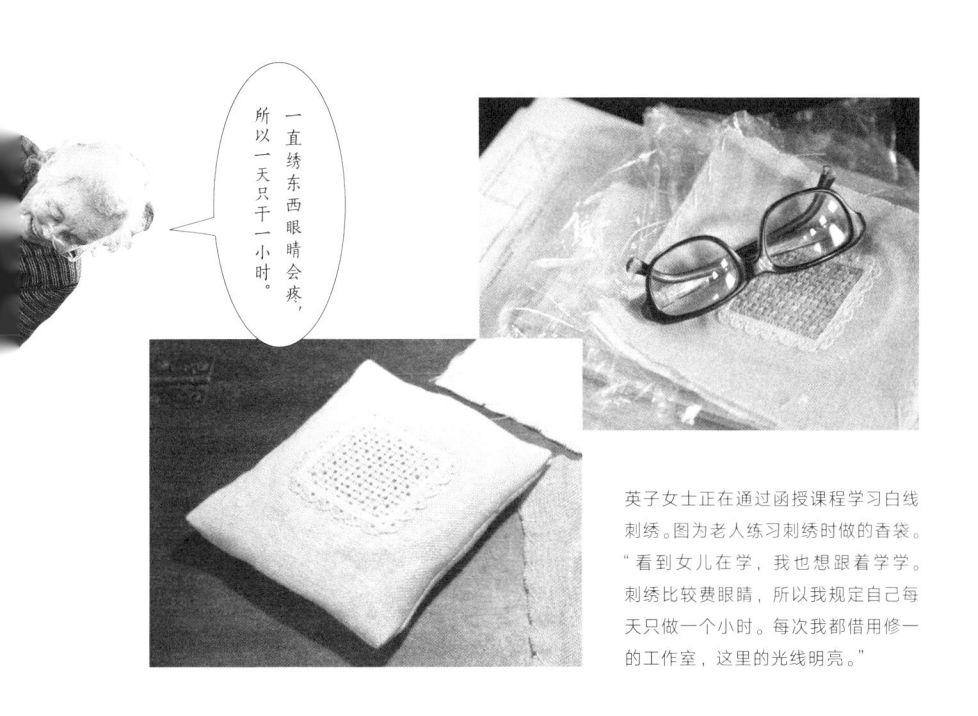

> 一直绣东西眼睛会疼,所以一天只干一小时。

英子女士正在通过函授课程学习白线刺绣。图为老人练习刺绣时做的香袋。
"看到女儿在学,我也想跟着学学。刺绣比较费眼睛,所以我规定自己每天只做一个小时。每次我都借用修一的工作室,这里的光线明亮。"

反而会不由自主地想偷懒。但如果趁着空闲一点一点慢慢来,也就没那么辛苦了。

最近英子女士又开始织布了。"我不会从早到晚埋头苦干,肩膀会受不了的。我还是喜欢在做饭的间隙,把纺线绑在织布机上,织上一个小时的布。我一般都是忙忙这个,再干干那个,这样换着来,一天织完一条围巾的速度刚刚好。"

她还说,无论家务还是别的事情,最好别攒到最后一起干。她在生活中身体力行,每天晚饭后坚持熨衬衫、裤子和饭后换下的桌布。

"我喜欢麻织品,夏天修一换洗的衬衫也要每天熨。他吃完晚饭就睡了,我还得再熨半小时衣服。要是拖着不做,之后会很麻烦。过日子,日积月累的小事才最重要。"

家里一共有五个冰箱，厨房一个，起居室两个，农具室还有两个，都整齐摆放着各种冷冻食品。"我老是一转眼就忘了，哪个冰箱里放了什么，哈哈！"

有五个冰箱

冷冻保存

冷冻食品是津端家每日饭桌上的好帮手，它们全都是英子女士亲手做的。

"基本上所有食材都能冷冻保存。晚上采的蘑菇晾干后可以冷冻，素炸茄子也可以冻起来。做饭时能马上拿出来用，特别方便。"

除了食材，还有糖渍酱、白沙司、土豆泥、炖猪肉等半成品，都是英子女士在厨房忙活时，趁空闲做好放进冰箱的。

即使有客人临时登门拜访，只要有这些食材和半成品在，就不会手忙脚乱。

"其实前几天我把日期搞混了。直到昨天晚上才想起'明天有客人要来！'，还好有各种冷冻食品准备着，没有耽误事。万幸万幸，哈哈。"

1	2
3	4	5

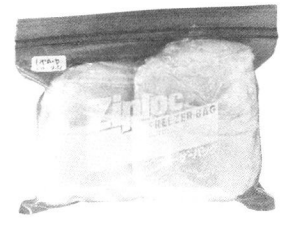

冰箱里储存的食品。有经过初步处理的各种蔬菜，以及甘薯泥、苹果派、果酱、肉馅派、饺子、烧麦等各种点心和小菜。菌类生着冻起来即可。1 百合根。2 把苹果切成薄片晾成苹果干吃。3 茄子放入冰箱前要先炸一下。用冷冻的小菜和蔬菜做饭时，基本都是从冰箱里拿出来直接放进砂锅里蒸。4 牛奶和土豆一起煮熟，加入盐、胡椒，做成土豆泥。"用水煮开就是一道汤菜，简单方便。" 5 晾干的萝卜丝。"洗干净后和高汤一起煮，倒一点点酱油，味道非常鲜美。"

肉馅派

冬天一般是自己和面擀皮儿；夏季天气炎热，面皮容易粘在一起，就买外面现成的。馅料由碎牛肉配上洋葱和西红柿汁一起搅拌而成。具体做法是：把碎牛肉炒熟，加入洋葱继续炒，再倒入过滤好的鲜榨西红柿汁（可用市面上出售的西红柿汁代替），直至完全没过牛肉和洋葱。充分熬煮后，放些西红柿酱、肉豆蔻增加甜度。等汤汁全部收进去才能出锅。将面皮切成一个个小四方形，对折，把肉馅包进去，用力把周围的边按实，再用小刀在饼的上半部分划几个小口，以防美味的肉汁溢出来。最后在一百度的烤箱里烤三十分钟左右，把握好火候，面皮烤到略带焦黄就可以了。

烤牛肉

一般要用一千克重的整块牛肉，加入盐、胡椒、甜菜糖、胡萝卜、洋葱、芹菜、欧芹、意大利香芹、茴香、月桂、肉桂等配料在火上煨，之后在冰箱里放三天（和做培根前的准备一样）。在肉表面刷一层黄油，再放入一百八十度的烤箱烤三十到四十分钟。注意火候，不要烤老。

津端家的美食

> **烤牛肉酱**

独家秘方的糖渍酱。准备一千克牛肉，炖之前，要先把肉烤一下，留下烤出来的汤汁，和烤全鸡的汤汁混在一起，放入大份量烤到焦黄的黄油和面粉，再倒入西红柿汤，上锅煮至汤汁粘稠。最后根据口味，适量加入红糖和老抽。做好的糖渍酱放进冰箱可以长期保存，做炸土豆饼等菜品时拿出来蘸着吃，味道尤其好。

一年四季，做料理和点心时，我总是尽可能使用当季的新鲜食材，也许一季下来只能吃上一两次，但味道却因此更显纯正，让人吃不够。在心里期待明年与它的重逢，我觉得这是最理想的状态。

我们家的饭菜风格自成一派，调味也很随意，没有定数。我认为做饭最重要的就是要好吃，放多少盐、多少糖会跟着感觉走，每次都不一样。家常菜做成这样也就足够了。我希望每个人都能珍惜自己独有的味觉，做出大胆的尝试。

英子

津端家的菜园和杂树林

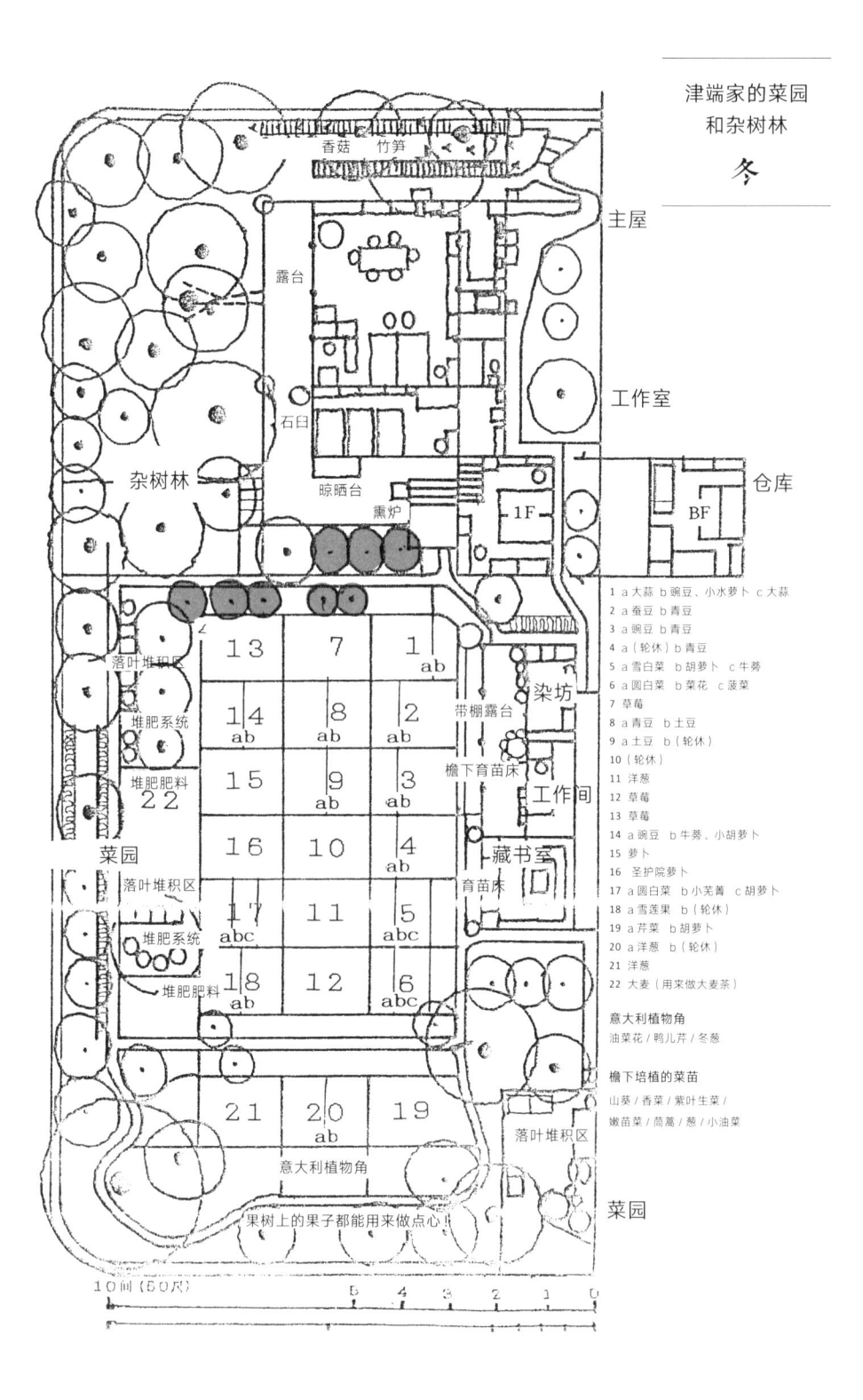

冬

香菇 竹笋

主屋

露台

工作室

石臼

杂树林

晾晒台

熏炉

仓库

1F　BF

落叶堆积区

堆肥系统

堆肥肥料 22

菜园

带棚露台

染坊

檐下育苗床

工作间

藏书室

育苗床

落叶堆积区

堆肥系统

堆肥肥料

落叶堆积区

意大利植物角

菜园

1　a 大蒜　b 豌豆、小水萝卜　c 大蒜
2　a 蚕豆　b 青豆
3　a 豌豆　b 青豆
4　a（轮休）b 青豆
5　a 雪白菜　b 胡萝卜　c 牛蒡
6　a 圆白菜　b 菜花　c 菠菜
7　草莓
8　a 青豆　b 土豆
9　a 土豆　b（轮休）
10（轮休）
11　洋葱
12　草莓
13　草莓
14　a 豌豆　b 牛蒡、小胡萝卜
15　萝卜
16　圣护院萝卜
17　a 圆白菜　b 小芜菁　c 胡萝卜
18　a 雪莲果　b（轮休）
19　a 芹菜　b 胡萝卜
20　a 洋葱　b（轮休）
21　洋葱
22　大麦（用来做大麦茶）

意大利植物角
油菜花 / 鸭儿芹 / 冬葱

檐下培植的菜苗
山葵 / 香菜 / 紫叶生菜 /
嫩苗菜 / 茼蒿 / 葱 / 小油菜

果树上的果子都能用来做点心！

10m（50尺）　5 4 3 2 1 0

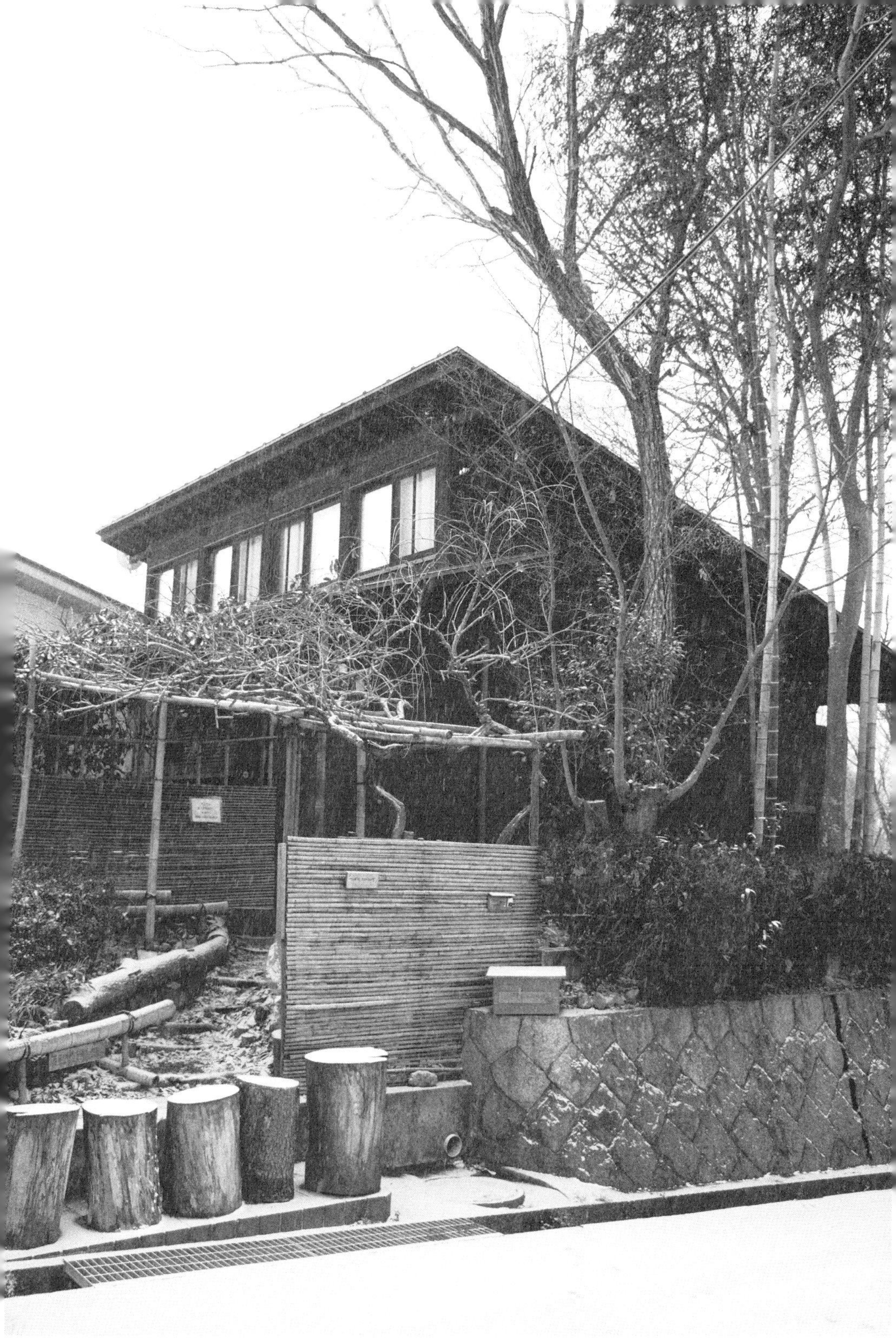

结语
找回童心

一岁三个月大的天火坐在前面。"看,芝士饼干哦。"英子在哄小天火吃自己做的小点心。坐在旁边的天火妈妈喂儿子吃了一勺饭,天火的眼睛瞬间亮了,虽然还不会说,但他已经尽了全力表达出"好好吃"的感动。自己的碗空了,还会用手指着妈妈的碗,求大人再给他点。

也许对他而言,芝士饼干还是初次体验,但我们在他身上清晰地体会到了"看见、感受、惊奇"的过程。英子和我为这个小小的孩子深深感动:天火真棒啊,他知道什么好吃,什么是好东西,什么最正宗。

无须赘言,正如雷切尔·卡森在《惊奇之心》中所说:"看见、感受、惊奇的心才最重要。"那本书中的世界就在这里。现在的成年人忙忙碌碌,疲于生活,他们所处的环境乍看之下仿佛一个"新新世界",其实那一切也许只是个假象。

我想起一位女诗人的诗句：与其说 / 言语太多 / 类似言语的东西太多 / 倒不如说 / 无言可为言语。天火那拥有"惊奇之心"的世界，也许正是我们重新出发的起点。我们只须看见、感受、惊奇，不用多去解释些什么。与其思考，不如凝视。也许最根本的事就是要学会观察。边观察边思考，目力便会削弱，甚至可能什么也看不到。

　　这一年来，春夏秋冬变换，日升月落更迭，我们以"思莫若观"为题目，拍摄照片，完成了"怀有一颗惊奇之心"的生活报告。用心以简单的笔触写困难的事情，以富含哲理的笔墨写平淡的生活，以愉悦的心态写深奥的人生。这册书的编辑们不知何时找回了天火拥有的童心。愿各位读者在读书时也能找回这份快乐。

修一

ASHITA MO KOHARUBIYORI
© HIDEKO TSUBATA SHUICHI TSUBATA 2011
Originally published in Japan in 2011 by SHUFU-TO-SEIKATSUSHA CO., LTD..
Chinese translation rights arranged through DAIKOUSHA INC., JAPAN.
All rights reserved.

著作版权合同登记号：01-2016-1156

图书在版编目(CIP)数据

明天也是小春日和 /（日）津端英子，（日）津端修一著；朝阳译. ——北京：新星出版社，2016.5（2023.2重印）
ISBN 978-7-5133-2037-5

Ⅰ.①明… Ⅱ.①津…②津…③朝… Ⅲ.①随笔－作品集－日本－现代
Ⅳ.①I313.65

中国版本图书馆CIP数据核字(2016)第040107号

明天也是小春日和
[日]津端英子 [日]津端修一 著
朝阳 译

题　　字	[日]津端修一
插　　画	[日]津端修一
采　　访	[日]铃木麻由美
摄　　影	[日]田渕睦深

责任编辑	汪　欣
特约编辑	侯晓琼　烨　伊　张　迨
装帧设计	韩　笑
内文制作	田晓波
责任印制	李珊珊　廖　龙

出　　版	新星出版社　www.newstarpress.com
出 版 人	马汝军
社　　址	北京市西城区车公庄大街丙3号楼　邮编 100044
	电话 (010)88310888　传真 (010)65270449
发　　行	新经典发行有限公司
	电话 (010)68423599　邮箱 editor@readinglife.com
印　　刷	北京奇良海德印刷股份有限公司
开　　本	880mm×1280mm　1/32
印　　张	5.25
字　　数	120千字
版　　次	2016年5月第1版
印　　次	2023年2月第23次印刷
书　　号	ISBN 978-7-5133-2037-5
定　　价	39.50元

版权所有，侵权必究
如有印装质量问题，请发邮件至 zhiliang@readinglife.com

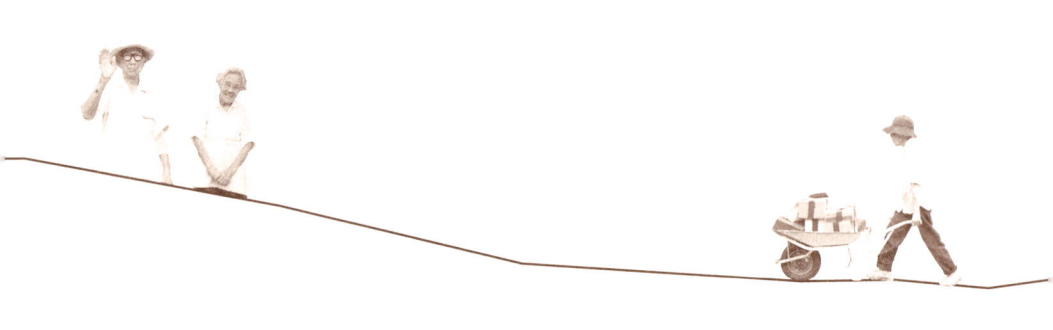

時をためる暮らし。

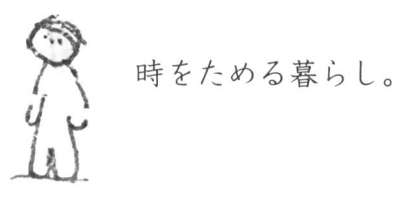